LA FAMILLE

DE PILATE

TRAGÉDIE CHRÉTIENNE

EN CINQ ACTES ET EN VERS

PAR

GABRIEL COLMET DAAGE

PARIS

LIBRAIRIE HACHETTE ET Cⁱᵉ

79, BOULEVARD SAINT-GERMAIN, 79

1885

LA FAMILLE

DE PILATE

Histoire d'une vieille maison de province (1783-1883), par Gabriel Colmet Daage. 1 volume in-16 broché............. 2 fr.

GOETHE : **Hermann et Dorothée**, poème, traduit en vers français, par Gabriel Colmet Daage. 1 volume in-16 broché.... 2 fr.

Corbeil. — Typ. et stér. Crété.

LA FAMILLE

DE PILATE

TRAGÉDIE CHRÉTIENNE

EN CINQ ACTES ET EN VERS

PAR

GABRIEL COLMET DAAGE

PARIS

LIBRAIRIE HACHETTE ET Cie

79, BOULEVARD SAINT-GERMAIN, 79

1885

PRÉFACE

En exposant sous une forme dramatique le récit de la passion de N.-S. Jésus-Christ, je n'ai pas eu l'intention de refaire les anciens mystères. Comme je ne voulais prendre comme personnages du drame ni Jésus, ni la Sainte Vierge, ni les Apôtres, j'ai placé le lieu de la scène dans le palais de Pilate. J'ai essayé de montrer quelle impression ce grand événement avait dû produire sur la famille de Pilate. J'ai placé près de lui sa femme dont parle l'Évangile. Je me suis permis de leur donner un fils et une fille. J'ai montré dans Pilate ce caractère d'indécision et de faiblesse que lui attribuent les textes sacrés. Quant à sa femme et à ses enfants, j'ai pu les faire agir et parler suivant mon inspiration.

D'après ce plan — et c'est là l'inconvénient qu'il présente — tout se passe en récits, contrairement aux idées modernes.

J'ai même introduit dans le drame un épisode un peu suranné, un songe! mais le sujet l'imposait, puisque la femme de Pilate n'est mentionnée dans l'Évangile qu'à l'occasion du songe qui l'a troublée.

Quant au songe lui-même, il est de mon invention; je lui ai donné une certaine importance; on verra, en effet, qu'il domine l'esprit de Claudia pendant toute la durée du drame.

Quoique la pièce se passe au milieu d'une famille païenne, mon œuvre est essentiellement catholique; un savant théologien à qui je l'ai soumise, en a reconnu la parfaite orthodoxie.

Toutes les fois que j'ai fait parler des personnages cités dans l'Évangile, j'ai reproduit fidèlement les paroles qui leur sont attribuées. Et surtout je me suis attaché à ne rien changer aux paroles de Jésus; j'aurais craint, en les modifiant, d'altérer leur sublime simplicité.

Des esprits fins et délicats m'ont encouragé à publier cette tragédie. Fort de leur approbation, j'ai espéré qu'une œuvre sérieuse pouvait encore de nos jours trouver des lecteurs.

PERSONNAGES :

PILATE, gouverneur de la Judée.

CLAUDIA, sa femme.

JULIE, leur fille.

MARCUS, leur fils.

CAÏPHE, grand prêtre des Juifs.

MARTHE
MADELEINE } Juifs.
LAZARE

NOÉMI, jeune Juive attachée à Julie.

UN CENTURION.

La scène se passe à Jérusalem, dans le palais de Pilate, le jour de la Passion de N.-S. Jésus-Christ.

FAMILLE DE PILATE

ACTE PREMIER

SCÈNE PREMIÈRE

JULIE, *seule.*

Non, je ne saurais vivre en cette incertitude.
Le temps ne marche pas ! De mon inquiétude
Noémi ne vient pas apaiser le tourment.
Une étrange tristesse, un noir pressentiment
Me troublent malgré moi ! Je brûle de connaître
Le sort que l'on réserve à notre divin Maître...
Car je le reconnais pour le Christ, le Sauveur !
Qu'ai-je dit ? Ah ! cachons dans le fond de mon cœur
Le secret des soucis dont je suis obsédée !
Fille du gouverneur romain dans la Judée,

Née à Rome, pouvant nommer dans mes aïeux
Des pontifes sacrés de nos douze grands Dieux,
J'ose à l'insu de tous, à l'insu de ma mère,
Prier un Dieu nouveau sur la terre étrangère !
A mon frère Marcus, à ma mère, pourquoi
N'ai-je donc pas encor fait connaître ma foi ?
Il le faut... Dès ce jour à tous je la révèle.

    (A Noémi qui entre.)

Ah ! Noémi ?

SCÈNE II

JULIE, NOÉMI.

NOÉMI.

     J'apporte une triste nouvelle :
Jésus de Galilée arrêté cette nuit,
Chez Anne et chez Caïphe en tumulte conduit,
Abreuvé de mépris, d'injures et d'outrages,
Lâchement accusé par de faux témoignages,
A mourir aujourd'hui doit être condamné.
En effet, ses bourreaux ici l'ont amené
Pour le faire paraître au tribunal auguste
Où siège votre père...

JULIE.

     Eh bien, mon père est juste.

Sa bouche ne saurait condamner l'innocent !

NOÉMI.

Le parti du grand prêtre est un parti puissant.

JULIE.

Mais comment a-t-on pu l'arrêter et le prendre ?
N'avait-il pas autour de lui pour le défendre
Ses apôtres chéris, par son choix consacrés,
La foule qu'attiraient ses discours inspirés,
Ce peuple tout entier témoin de ses miracles ?
Dis-moi comment on a surmonté ces obstacles ?

NOÉMI.

Ses apôtres, Julie ? un d'entre eux l'a livré !
Judas, nom par le grand Macchabée illustré,
Tu ne peux plus servir qu'à désigner un traître !

JULIE.

Quoi ! Judas ? l'un des Douze ?

NOÉMI.

Il a vendu son maître !
Hier au soir, au jardin des Oliviers, Judas
Des soldats de Caïphe a dirigé les pas.
« Venez, leur a-t-il dit, serviteurs du grand prêtre,

« Celui que vous cherchez, venez le reconnaître :
« Je vais le saluer par un baiser de paix. »
Un baiser pour signal du plus grand des forfaits !
Vous frémissez, Julie ! Et pour tant d'infamie,
Pour ce piège tendu par une main amie,
Pour livrer lâchement, sous ces dehors menteurs,
Une telle victime à ses persécuteurs,
Pour vouer à jamais sa honteuse mémoire
A l'exécration du monde et de l'histoire,
Le traître ne s'est pas montré bien exigeant :
Il a reçu pour prix trente pièces d'argent !

JULIE.

Non, non ; d'autres motifs l'ont entraîné ?

NOÉMI.
L'envie,
Implacable tyran, tient son âme asservie.
Si le Maître, Jésus, redoublait de bonté
Pour Jean, son bien-aimé ; de son autorité
S'il remettait le sceptre aux mains de Simon Pierre,
Judas s'en indignait ; son âme tout entière
Bouillonnait, s'enflammait d'un injuste courroux.
L'âme envieuse, en proie à ces transports jaloux,
Cède fatalement au penchant qui l'entraîne,
Et se ferme à l'amour pour s'ouvrir à la haine !

JULIE.

Le récit imprévu de cette trahison
Épouvante mon cœur et confond ma raison.
Quoi! le Sauveur livré par un des douze Apôtres?
N'est-il pas soutenu du moins par les onze autres?
Des disciples, du peuple a-t-il perdu l'appui?

NOÉMI.

A l'aspect du danger les Apôtres ont fui.
Tout se tait. Et ce peuple inconstant et frivole
Ne demande aujourd'hui qu'à briser son idole.

JULIE.

Ah! pour lui je rêvais un meilleur avenir!
Ma mémoire a gardé le brillant souvenir
Du jour où, te prenant pour guide et pour compagne,
Pour entendre Jésus j'allai sur la montagne.
Quel spectacle imposant s'offrit à nos regards!
Hommes, femmes, enfants, jeunes gens et vieillards
Écoutaient du Sauveur la céleste doctrine.
Je contemplais Jésus. Son image divine
Dans mon esprit soudain s'est gravée à jamais.
Mais par respect pour lui, Noémi, je me tais;
De tracer son portrait je sens trop l'impuissance.

Qui pourrait dignement louer cette éloquence
Dont les traits pénétrants, profonds, harmonieux,
M'ont ravie à la terre et transportée aux cieux ?
Et quand il eut fini son discours magnifique,
La foule au même instant, par un élan magique,
Se leva !.. Tous voulaient, dans l'ardeur de leur foi,
Le saisir malgré lui pour le proclamer roi !

SCÈNE III

JULIE, NOÉMI, MARCUS.

(Noémi se retire un peu à l'écart.)

MARCUS, *à Julie.*

Ma sœur, vous me voyez plein d'espoir et de joie.
Mon père à Césarée en mission m'envoie ;
J'ai là quelques amis, compagnons de plaisirs,
Qui sauront, je l'espère, égayer mes loisirs.
Tout est si triste ici ; je voudrais me distraire.
Félicitez-moi donc. Je pars demain.

JULIE.

                    Mon frère,
Lorsque pèsent sur nous de tels événements,
Pouvez-vous ne songer qu'à vos amusements ?

MARCUS.

Et quels événements vous ont donc affligée?
Je vous trouve, en effet, abattue et changée.
D'où viennent cet air triste et ce front soucieux?

JULIE.

Eh quoi! rien n'a frappé vos oreilles, vos yeux,
Ce matin, dans la ville, en parcourant ses rues?

MARCUS.

Moi? non ; l'esprit distrait, je les ai parcourues.
Mais si la ville perd son calme accoutumé,
Nous savons les motifs de cet air animé :
Du Dieu de ce pays on prépare la fête,
La Pâque...

JULIE.

Non, Marcus ; il s'agit d'un prophète,
Envoyé par le ciel pour nous délivrer tous,
Et peut-être d'un Dieu descendu parmi nous !
Il a trouvé partout des ingrats ou des traîtres.
On le condamne à mort ; et ce peuple, ses prêtres,
Et mon père lui-même, en ces jours solennels,
Se préparent, hélas! des regrets éternels!

MARCUS.

Pour nous, qui n'adressons nos vœux qu'aux Dieux de Rome,
Quel intérêt peut donc nous inspirer cet homme ?
Gardons-nous de nous joindre à ses accusateurs ;
Mais ne nous rangeons pas parmi ses protecteurs.

JULIE.

Ah ! de grâce, excusez ma douleur légitime.
Mais si vous connaissiez cette grande victime,
Ce prophète de Dieu, l'envoyé du Seigneur :
Si vous aviez joui comme moi du bonheur
— Ne fût-ce qu'une fois — de le voir, de l'entendre,
Vous gémiriez aussi, vous pourriez me comprendre ;
Dans ce culte nouveau, Marcus, vous auriez foi.
Approche, Noémi : tu sauras mieux que moi
Parler de ses bienfaits, de sa sainte doctrine,
Exposer ses vertus, sa mission divine !
O mon frère, daignez l'écouter à son tour.

MARCUS.

Parlez.

NOÉMI.

Le peuple juif, à qui je dois le jour,
S'est toujours regardé comme étant, sur la terre,

Du culte du vrai Dieu le seul dépositaire.
D'Abraham notre père aimant la piété,
En nous Dieu l'a béni — nous, sa postérité, —
Pour nous tirer d'Égypte a suscité Moïse,
Et guidé nos aïeux vers la Terre Promise.
Il les a soutenus au désert, et sa main
Leur a de ce pays enseigné le chemin.
Pour établir les Juifs maîtres de la contrée,
Il a fait disparaître une race abhorrée ;
A nos pères lui-même il a dicté des lois.
Il a choisi nos chefs, nos juges et nos rois.
Il nous a de tous temps envoyé des prophètes,
De sa volonté sainte éloquents interprètes,
Qui nous ont, de sa part, prédit qu'un jour viendrait
Où le fils du Très-Haut parmi nous descendrait,
Pour appeler à lui les peuples de la terre,
Leur révéler du Ciel le sublime mystère,
Et, détruisant le temple antique des Hébreux
Devenu trop étroit pour ces peuples nombreux,
Fonderait à jamais l'Église universelle !
Le Messie attendu de cette foi nouvelle,
Le Christ, c'est ce Jésus dont nous pleurons le sort.
La victime qui s'offre aux tourments, à la mort,
C'est le Sauveur du monde et notre divin Maître !
Et les signes auxquels on peut le reconnaître,

2

Ces faits prodigieux, miracles éclatants,
Dans nos livres sacrés prédits depuis longtemps,
Jésus les accomplit. Il ordonne, ô merveille !
Le sourd entend la voix qui frappe son oreille ;
A la clarté du jour l'aveugle ouvre les yeux ;
Le vent se tait ; le flot naguère furieux
Vient au bord de la plage expirer en silence ;
Le mort ressuscité de son tombeau s'élance !

MARCUS, à Julie.

Comment sur un esprit exempt de passion
De tels discours font-ils la moindre impression ?
Rappelez-vous qu'ici vous êtes dans l'Asie,
Berceau des fictions et de la poésie,
Sur la terre des faits, des récits merveilleux.
Sous ce ciel d'Orient tout est mystérieux !
Et de Jérusalem étudiez l'histoire ;
Vous y verrez souvent un pieux auditoire
Croire à des dieux nouveaux sur la foi d'un rêveur.
Le prophète du jour s'appelle le Sauveur ?
Mais à qui promet-il salut et délivrance ?
Aux Juifs, et contre nous. Et sous cette apparence
De croyance nouvelle et de zèle pieux
On pourrait bien cacher des plans séditieux.
Oui, peut-être, plus tard, confondue et surprise

En découvrant le but d'une telle entreprise,
Vous vous indignerez d'avoir donné les mains
Aux ennemis du nom et du peuple romains!

JULIE.

Que dites-vous, Marcus?

MARCUS.

Loin de moi la pensée
De jeter quelque trouble en votre âme offensée ;
Je veux croire avec vous qu'en cette occasion
Le pouvoir des Romains n'est point en question.
Oui, de l'homme qu'on juge admettons l'innocence.
Mais, s'il meurt malgré lui, que devient sa puissance ?
S'il meurt de son plein gré, pourquoi le pleurez-vous ?
Si c'est un Dieu, nos Dieux n'en seront pas jaloux ;
Près d'eux au Panthéon, qu'on place son image ;
Ses sectateurs viendront lui rendre leur hommage.
Mais on semble prétendre ici qu'au Dieu des Juifs
Le monde doit un culte et des vœux exclusifs
Dans un temple élevé sur les débris des autres.
Ce Dieu paraît-il donc plus puissant que les nôtres?
Qu'a-t-il fait pour les Juifs, ce peuple de son choix,
A qui, dit-on, lui-même il a dicté des lois?
Qu'est-ce que la Judée? Un pays dont la gloire

N'a jamais dépassé son petit territoire.
Son peuple, en Assyrie autrefois transporté,
A longtemps dans l'exil pleuré sa liberté.
Et l'Euphrate a souvent entendu sur ses rives
Les accents douloureux de ses tribus captives.
Leur Dieu les abandonne à tous leurs ennemis :
Au joug de Rome enfin il les laisse soumis.
Et que dirons-nous donc de tous nos Dieux, Julie,
Qui nous ont fait d'abord maîtres de l'Italie,
Et, toujours et partout guidant nos légions,
Nous ont assujetti toutes les nations !

NOÉMI, *à Julie*.

Ah ! demandons à Dieu que, pour toute vengeance,
De votre frère il daigne ouvrir l'intelligence
Aux sublimes clartés de sa divine loi.
Qu'il punisse un blasphème en accordant la foi !

MARCUS.

Eh ! Noémi, quittez ce langage mystique ;
Cessez de nous parler sur ce ton prophétiuqe ;
De semblables discours ne sauraient m'émouvoir ;
Je vois avec regret leur dangereux pouvoir
Sur ma sœur, qui paraît inquiète, agitée !
Par vos suggestions son âme est tourmentée.

Vos étranges récits, votre zèle imprudent
Ont exercé sur elle un funeste ascendant.
Il faut que Claudia ma mère en soit instruite ;
Que Pilate connaisse une telle conduite.
Il est de leur devoir d'écarter de ces lieux
Quiconque se permet de mépriser nos Dieux.
Peuvent-ils vous laisser vivre auprès de leur fille,
Pour porter le désordre au sein de leur famille ?

NOÉMI, *à Julie.*

Vous savez si mon cœur, Julie, est innocent.

JULIE.

Marcus, vous me blessez moi-même en l'offensant.

SCÈNE IV

LES PRÉCÉDENTS, CLAUDIA.

MARCUS, *à Claudia qui entre.*

Venez prêter l'oreille à d'étranges nouvelles.

JULIE.

Que ma mère prononce entre nous.

CLAUDIA.
Des querelles ?

Chers enfants! Entre vous — je n'en veux pas douter —
Un débat sérieux ne saurait exister.

MARCUS.

Mes explications seront franches, complètes...

CLAUDIA.

Permettez-moi d'abord d'envoyer mes tablettes
A mon époux Pilate, au gouverneur romain,
Avec une prière écrite de ma main :
Qu'il ne se mêle pas de l'affaire du Juste
Qu'on a traîné devant son tribunal auguste !
Dans un songe effrayant je l'ai vu cette nuit ;
Son triste souvenir m'agite et me poursuit.

NOÉMI, *à part.*

Sois béni, Dieu puissant! convertis l'infidèle.

JULIE.

Ouvrez, ouvrez votre âme à cette foi nouvelle :
Oui, ma mère, croyez en Jésus comme moi !

CLAUDIA.

Je ne te comprends pas, ma fille, explique-toi.

MARCUS, *à Claudia.*

Vous avez, je le crois, quelque peine à comprendre

La déclaration que vous venez d'entendre!
Sachez donc que Julie, oubliant ses aïeux,
Reniant sa patrie et méprisant nos Dieux,
De cette femme enfin subissant l'influence,
En des dieux étrangers a mis sa confiance.

JULIE.

Au sang de mes aïeux je sais ce que je dois;
Et, fière d'être née à Rome et sous ses lois,
Je sens grandir mon cœur en lisant son histoire;
Je me sacrifierais pour Rome et pour sa gloire.
Mais à ces sentiments peut s'allier la foi
Qu'une force divine a fait jaillir en moi.
Partout on me disait que, depuis deux années,
Ce Jésus parcourait nos villes étonnées.
Des hommes quittaient tout pour le suivre, et toujours
Le peuple se portait en foule à ses discours.
On racontait de lui d'incroyables merveilles,
Dont le bruit, je le sais, a frappé vos oreilles.
Le malade à sa voix recouvrait la santé,
Et sa main relevait le mort ressuscité!
De ces faits qu'en tous lieux portait la renommée,
Si ma raison doutait, mon âme était charmée.
Au désir de le voir je ne résistai pas;
Je priai Noémi de diriger mes pas.

Ma curiosité fut enfin satisfaite ;
O ma mère, je vis, j'entendis le prophète !
De ses sages discours je compris la grandeur,
Et sa parole sainte a converti mon cœur.
Oui, je crois que sa vie est un profond mystère,
Qu'il est le fils de Dieu descendu sur la terre,
Et qu'un jour, dans le Ciel, la balance à la main,
Il doit, selon sa loi, juger le genre humain !

CLAUDIA.

Juger le genre humain ?

(Vivement à Noémi.)

Va, porte en toute hâte
Ces tablettes, enfant, au gouverneur Pilate.

(Noémi sort.)

SCÈNE V

JULIE, MARCUS, CLAUDIA.

MARCUS.

Quel est donc le secret de votre émotion,
Ma mère ? Pouvez-vous vous faire illusion
Sur l'exaltation bizarre de Julie ?

CLAUDIA.

Ah ! ne l'accusez pas trop vite de folie.
Ces accents, ce discours que vous taxez d'erreurs,
Me rappellent mon songe et toutes mes terreurs !

MARCUS.

Les songes doivent-ils troubler l'esprit du sage ?

CLAUDIA.

Le Ciel les envoya souvent comme un présage.
Avant de me juger, Marcus, écoutez-moi ;
Voici la vision qui cause mon effroi :
J'ai rêvé qu'en errant au hasard, incertaine,
J'apercevais bientôt une porte lointaine.
J'y dirigeais mes pas dans l'ombre de la nuit.
Plus je m'en approchais, plus augmentait le bruit.
Je trouvais un soldat qui veillait à l'entrée
D'une salle de marbre assez mal éclairée.
Là, sur son tribunal, Pilate était assis,
Et semblait inquiet, soucieux, indécis.
Quelques soldats romains entouraient le prétoire.
Mille Juifs furieux, qui formaient l'auditoire,
Poussaient d'horribles cris : « Périsse l'imposteur !
« A mort le faux prophète et le blasphémateur !

« Pilate, commandez qu'on immole ce traître ! »
Je distinguais surtout la voix de leur grand prêtre.
Tant de clameurs glaçaient mon cœur épouvanté.
Je cherchais la victime. Une vive clarté
Rayonnait tout à coup autour de son visage.
C'était un beau jeune homme, au maintien doux et sage,
Triste, mais résigné, calme dans sa douleur.
Quelque charme secret ou l'attrait du malheur
Donnaient à sa personne une grâce imposante.
Soudain un inconnu devant moi se présente.
Deux ailes d'or paraient cet être merveilleux ;
Ses longs vêtements blancs éblouissaient mes yeux.
« De l'avenir apprends, me dit-il, le mystère :
« Malheur aux ennemis de Jésus sur la terre :
« Jésus les jugera comme ils l'auront jugé !
« Regarde, Claudia. » La scène avait changé.
Des torrents de lumière inondaient cette salle ;
Sur un trône éclatant, de grandeur colossale,
Était assis Jésus plus imposant qu'un roi !
Mes regards ne pouvaient supporter sans effroi
De son front radieux la majesté sévère.
Attendant les arrêts de sa sainte colère,
Tous ses persécuteurs tremblaient à ses genoux.
Au milieu d'eux soudain je voyais mon époux,
Et, poussant un grand cri, je me suis éveillée !

Et j'apprends qu'en effet Jésus de Galilée
Paraît au tribunal du gouverneur romain,
Et qu'il doit, dans le ciel, juger le genre humain,
Ma fille, si ta foi n'est pas une chimère !

JULIE.

Que dites-vous, Marcus, du rêve de ma mère ?

MARCUS.

Oublions le matin les rêves envolés,
Quand je vois vos esprits par un songe troublés,
Mon calme m'abandonne... Adieu : je me retire ;
Peut-être j'en dirais plus que je n'en veux dire

(Marcus sort.)

JULIE.

Ma mère, je comprends votre juste terreur ;
Venez : dans votre sein, j'épancherai mon cœur.

FIN DU PREMIER ACTE

ACTE DEUXIÈME

SCÈNE PREMIÈRE

PILATE, CLAUDIA, JULIE.

PILATE.

Sans doute, Claudia, votre songe est étrange.
Ce double jugement, cette scène qui change,
Cet homme aux ailes d'or, tout paraît surprenant.
Mais vous pouvez calmer vos terreurs maintenant.
Cette ombre de danger que vous sembliez craindre
Vient de s'évanouir et ne peut plus m'atteindre.

CLAUDIA.

C'était un innocent, et vous l'avez absous.

PILATE.

Non.

JULIE.

Il est condamné ?

PILATE.

Non, non.

CLAUDIA.

Expliquez-vous.

PILATE.

Pour rendre le repos à votre âme troublée,
J'ai renvoyé cet homme au roi de Galilée.
C'est un de ses sujets qu'en ses mains j'ai livré,
Afin qu'il le condamne ou l'absolve à son gré.

CLAUDIA.

Hérode! Et dans nos murs quelle raison l'appelle?
Vient-il ressusciter quelque ancienne querelle?

PILATE.

Il vient pour célébrer la Pâque des Hébreux;
Et de ce jugement l'abandon généreux
Doit entre nous plutôt rétablir l'harmonie.
Jaloux d'une puissance assez mal définie,
Hérode est, je le sais, tout prêt à recevoir
Ce que je daignerai lui laisser de pouvoir.
De votre songe ainsi j'ai détruit le présage.

JULIE.

Et quelle impression ce prophète, ce sage,
Produisit-il sur vous, mon père?

PILATE.

                                Son aspect

M'a soudain inspiré je ne sais quel respect,
Un mélange d'effroi, de trouble involontaire.
Autour de lui, d'ailleurs, règne un certain mystère.
Il est demeuré calme à mes regards surpris,
Ne daignant opposer que silence et mépris
Aux accusations absurdes ou frivoles
Qu'il aurait pu détruire avec quelques paroles.

JULIE.

Mais, mon père, pourquoi vous l'a-t-on amené,
Si Caïphe à mourir l'a déjà condamné?

PILATE.

Rome aux peuples vaincus ôte le droit du glaive.
Quand un procès de vie ou de mort se soulève,
Quand il peut entraîner le dernier châtiment,
C'est à nous qu'appartient le droit de jugement.
Des sentences de mort nous sommes seuls les maîtres.

CLAUDIA.

Et pourquoi tout le peuple et les princes des prêtres,
En amenant Jésus, ont-ils donc refusé
D'entrer dans ce palais comme entrait l'accusé?

PILATE.

Sous le toit d'un Romain, si, dans ce jour de fête,

Un Juif osait entrer, il croirait sur sa tête
De son Dieu redoutable attirer le courroux.
Mais que nous veut Marcus?

SCÈNE II

LES PRÉCÉDENTS, MARCUS.

MARCUS.

Mon père, c'est bien vous,
Vous seul qui statuerez sur l'arrêt de Caïphe.
Le peuple accusateur, guidé par son pontife,
Revient avec Jésus; j'annonce son retour.
Vous l'avez renvoyé; mais Hérode, à son tour,
Refuse de juger sur votre territoire,
Et le fait ramener devant votre prétoire.

CLAUDIA, *agitée*.

Je sens se réveiller mes terreurs, mes tourments.

PILATE.

Claudia, calmez-vous.

CLAUDIA.

O mes pressentiments!

Non, mou rêve n'est pas une vaine chimère,
Et, sans savoir pourquoi, j'ai peur, j'ai peur !

JULIE.

Ma mère !

PILATE.

Le trouble où je vous vois me surprend. Votre effroi
Devient, en persistant, injurieux pour moi,
Claudia ; vous semblez douter de ma justice.
Et suis-je homme à souffrir qu'un innocent périsse ?

JULIE.

Ah ! l'effroi de ma mère est mal interprété.
Mon père, qui soupçonne ici votre équité ?
Non : vous qui n'employez jamais votre puissance
Que pour punir le crime et sauver l'innocence,
Vous verrez si la haine et si la passion
N'ont pas seules dicté cette accusation :
S'il s'agit d'accueillir des plaintes légitimes,
Ou d'arracher aux Juifs une de leurs victimes.
Vous l'avez vu, d'ailleurs ; Jésus vous est connu ;
En sa faveur déjà vous êtes prévenu,
Son aspect imposant vous a troublé, mon père ;
Et puisqu'il doit bientôt reparaître, j'espère
Que le Dieu créateur de la terre et des cieux,

3

Dévoilant tout à coup son prophète à vos yeux,
Couronnera son front d'une sainte auréole!

MARCUS.

Que vous vous aveuglez, Julie! Ah! votre idole,
Humble, pâle, sans voix, dans un abaissement,
Que vous pourrez juger vous-même incessamment,
Est loin du piédestal où votre esprit l'élève!
Injurié, raillé, sans relâche ni trêve,
Il revient vers ces lieux; et vos regards surpris
Ne trouveront en lui qu'un objet de mépris,
Misérable jouet d'un peuple plein de rage,
Qui de mille façons le harcèle et l'outrage!

CLAUDIA, *à part.*
(*Se rappelant son rêve.*)

Jésus les jugera comme ils l'auront jugé!

MARCUS.

Et lorsque par Hérode il fut interrogé,
Que le prince à la foule eut imposé silence,
Afin que l'accusé présentât sa défense,
Jésus resta muet; et sa confusion
Souleva mille cris de réprobation.
Dans tous les yeux brillaient la colère et la haine.

PILATE.

Vous avez assisté, Marcus, à cette scène ?

MARCUS.

Près d'Hérode, j'ai pu tout entendre et tout voir.

PILATE.

Faites-m'en le récit exact ; car mon devoir
M'oblige à rechercher dans chaque circonstance
La lumière qui doit éclairer ma sentence.

MARCUS.

J'avais trouvé le Prince et la cour en émoi.
On attendait Jésus ; on observait le Roi.
Les zélés courtisans cherchaient sur son visage
S'ils devaient regarder ce Jésus comme un sage,
Comme un prophète saint ou comme un imposteur.
Jetant autour de lui son regard scrutateur,
En ces termes enfin le Roi rompt le silence :
« L'opinion publique est encore en balance ;
« Jésus est pour les uns un envoyé du Ciel,
« Plus grand que Jérémie, Élie et Daniel.
« Pour d'autres et pour moi, c'est un visionnaire,
« Un mystique rêveur, prophète imaginaire,

« Dont les discours brillant d'un éclat dangereux
« Propagent la révolte et des dogmes affreux ! »
Ce ton et cet accent faisant assez connaître
Quelle était sur Jésus l'opinion du maître,
Chacun des assistants pour lui faire sa cour
S'est contre l'accusé déchaîné tour à tour.
En ce moment Jésus devant nous se présente,
Marchant calme devant la foule menaçante
Qui de ses cris de mort l'escorte et le poursuit.
Jusqu'au trône du Roi, Caïphe le conduit,
Et demande, appuyé par les princes des prêtres,
Qu'on inflige à Jésus le supplice des traîtres.
S'adressant à cet homme : « Ami, lui dit le Roi,
« Le bruit de ton mérite est monté jusqu'à moi.
« Ton nom, depuis trois ans, fatigue mes oreilles.
« On t'appelle prophète ; on parle de merveilles ;
« On prétend que tu peux ressusciter un mort !
« Eh bien, puisque je suis l'arbitre de ton sort,
« Je veux qu'en cet instant, je veux qu'en ma présence,
« Par quelque grand miracle éclate ta puissance. »
On attend ; sur Jésus les regards sont fixés.
Mais il reste muet, calme, les yeux baissés.
Par trois fois d'obéir Hérode en vain l'adjure ;
Et Caïphe triomphe, et le peuple murmure !
« Choisirai-je un miracle ? » ajoute enfin le Roi.

« Ressuscite David et nous croirons en toi.

« Tu te prétends son fils, je crois ; fais-le paraître,

« Et qu'il vienne pour tel ici te reconnaître. »

On regarde Jésus ; Jésus se tait toujours.

« Eh bien, convertis-nous du moins par tes discours »,

Reprend Hérode ; « on dit que de ton éloquence

« On admire en tous lieux le charme et la puissance. »

Et, devant son silence obstiné, les esprits

Ne peuvent plus cacher leur dédaigneux mépris.

Chacun des assistants lui jette son outrage.

La foule éclate en cris de vengeance et de rage.

Caïphe et les docteurs, Hérode avec sa cour,

Cherchent, en menaçant et raillant tour à tour,

S'il reste chez cet homme une fibre sensible ;

Mais les plus durs affronts le trouvent impassible.

Comme une voix criait : « Roi des Juifs, défends-toi » ;

« Oui, des Juifs, dit Caïphe, il se prétend le Roi ! »

« C'est un titre qui porte atteinte aux droits de Rome »,

Dit Hérode en riant. « Qu'on habille cet homme

« Du manteau blanc des fous ; qu'on le rende aux Romains,

« Qu'on le mène à Pilate et le livre en ses mains ;

« C'est à Pilate seul à juger cette affaire. »

On l'habille ; Jésus muet se laisse faire ;

Et, toujours accablé de mille affronts sanglants,

De ce palais reprend le chemin à pas lents.

Mais j'ai laissé la foule, et suis venu d'avance
De ces événements vous donner connaissance.

PILATE.

Je cherche en vain comment doit être interprété
De la part de Jésus ce silence affecté.

MARCUS.

Eh! c'est un pauvre fou que sa chute humilie,
Qui peut-être à présent reconnaît sa folie.

PILATE.

Non. Je l'ai vu, Marcus : un air de majesté
Perce dans son silence et son humilité.

SCÈNE III
LES PRÉCÉDENTS, NOÉMI.

NOÉMI, *à Pilate.*

Ah! de grâce, excusez ma présence indiscrète.
(*A Claudia.*)
Claudia, venez voir la mère du prophète,
Pauvre femme, touchante image du malheur.
Oui, venez contempler cette grande douleur,

Que tout langage humain est impuissant à rendre,
Que votre cœur de mère est seul fait pour comprendre.
Suivre son fils unique à la mort condamné,
D'un tribunal à l'autre indignement traîné
Sous le poids de l'injure et de la violence!
Au seuil de ce palais elle pleure en silence.

CLAUDIA, *à Noémi.*

Je te suis, conduis-moi vers elle, Noémi.
    (*A Pilate.*)
Pilate, gardez-vous d'avoir pour ennemi
Ce Jésus qu'enveloppe un terrible mystère.
    (*Claudia sort avec Julie et Noémi.*)

SCÈNE IV

PILATE, MARCUS.

MARCUS.

Tous ces événements vous tourmentent, mon père.
Pour moi, je veux, sans haine et sans préventions,
Recueillir en tous lieux des informations;
Et, si la vérité ne m'apparaît entière,
Je vous apporterai du moins quelque lumière.
    (*Il sort.*)

SCÈNE V

PILATE *seul, puis* CAIPHE.

PILATE, *seul.*

Chose étrange! comment ce procès ténébreux
Sur quelques points obscurs de la loi des Hébreux
Agite-t-il ma femme et mon fils et ma fille,
Et porte-t-il le trouble au sein de ma famille?

CAIPHE, *entrant.*

Êtes-vous seul, Pilate?

PILATE.

En croirai-je mes yeux?
En ce jour solennel, vous, Caïphe, en ces lieux?
Aujourd'hui je pensais que votre loi sacrée
Du palais d'un Romain vous défendait l'entrée?

CAIPHE.

Oui. Mais, autant pour vous que dans notre intérêt,
Je viens vous demander un entretien secret.

PILATE.

Comment puis-je en ce jour vous voir ici paraître,

Vous, des Juifs le premier magistrat, le grand prêtre,
Qui gardez le dépôt sacré de votre foi?
Vous qui prêchez à tous le respect de la Loi,
Qui croyez que la mort d'un homme est nécessaire
Dès qu'au sens littéral il cherche à se soustraire?
Et si, pour réfuter vos accusations,
Jésus vous reprochait ces contradictions,
Expliquez-moi comment vous pourriez lui répondre?

CAIPHE.

Avec ce criminel osez-vous me confondre,
Pilate? Oui, j'ai reçu de Dieu l'autorité
Pour maintenir la Loi dans son intégrité;
Mais le salut du peuple est la règle suprême.
Si d'ailleurs à la Loi je suis soumis moi-même,
Je sais, pour l'observer, jusqu'où va mon devoir;
Pour la faire fléchir, jusqu'où va mon pouvoir.
Seul j'ai droit d'expliquer la divine parole;
Seul j'ai droit de juger celui qui la viole.

PILATE.

Et si vous vous trompez?

CAIPHE.

Dieu seul peut me juger.

Ce débat ne doit pas d'ailleurs se prolonger ;
Écoutez. J'ai voulu venir ici moi-même
Vous signaler Jésus, convaincu de blasphème,
Jésus, fauteur de trouble et de rébellion ;
Je viens solliciter sa condamnation
Au nom des Juifs, au nom des intérêts de Rome.

PILATE.

Mais je n'ai pas trouvé de crime dans cet homme.

CAIPHE.

Eh quoi ! pendant trois ans nous avons toléré
Que Jésus s'élevât contre un culte sacré
Qui place au sein de Dieu sa céleste origine !
Voulant substituer à notre Loi divine
Les rêves insensés d'un esprit novateur,
De nos antiques mœurs perfide corrupteur,
Il a pu s'arroger le triste privilège
D'élever en tous lieux une voix sacrilège,
Et, séduisant un peuple épris de nouveauté,
Saper les fondements de notre autorité !
Et quand de ses forfaits il comble la mesure,
Qu'on l'arrête, qu'il est convaincu d'imposture,
Que tout le Sanhédrin réclame son trépas,
Que le peuple, en voyant Jésus tombé si bas,

Ouvre les yeux enfin et demande vengeance,
Pouvez-vous proclamer tout haut son innocence?

PILATE.

L'accent de ce discours empreint de passion
Et les vagues motifs de l'accusation
Me rappellent la mort d'un sage de la Grèce.
Socrate, disait-on, corrompait la jeunesse,
Pervertissait les mœurs ; ses discours odieux
D'Athènes outrageaient et les lois et les dieux.
On le flétrit des noms de rebelle et de traître !
Devant l'Aréopage on le fit comparaître ;
Et, malgré ses vertus, condamné sans raison,
Socrate dut finir ses jours par le poison.
Mais l'histoire a cassé cette injuste sentence
Et de Socrate mort proclamé l'innocence.
Je craindrais d'être aussi taxé d'iniquité,
Caïphe, je craindrais que la postérité,
En absolvant Jésus, ne condamnât Pilate.

CAIPHE.

Hé ! peut-on comparer ce Jésus à Socrate ?
Maître d'Alcibiade, ami de Xénophon,
Digne d'être chanté par l'illustre Platon,
L'un, l'Athénien, donnait des leçons de sagesse

Aux esprits cultivés, à la noble jeunesse,
A ceux que distinguaient les arts et les talents,
Et mourait entouré des sages de son temps,
Pour avoir dédaigné la faveur populaire.
Le Galiléen offre un exemple contraire.
Oui, de nos Pharisiens, des habiles docteurs,
Il redoute toujours les regards scrutateurs.
Ses disciples zélés qu'il nomme ses apôtres,
Sont les uns des pêcheurs ignorants, et les autres
Des publicains, des gens d'humble condition,
Incessamment voués à l'admiration.
Jésus n'a d'ascendant que sur la populace,
Flatte les passions de la plus vile classe,
Et fonde ses succès sur leur crédulité.
Ses discours irritants, où rien n'est respecté,
De la société font fermenter la lie !
C'est un fou, dira-t-on ? Je vois dans sa folie
Un danger imminent suspendu sur nous tous,
Sur notre autorité, sur notre loi, sur vous !

PILATE.

Sur moi ?

CAIPHE.

Sur vous, Pilate. Oui, l'intérêt de Rome
Exige sans délai le trépas de cet homme.

Savez-vous que des Juifs il se prétend le roi ?

PILATE.

Évoquer un tel nom comme un objet d'effroi,
A ma crédulité n'est-ce pas faire outrage ?
Ce nom de roi pourrait inspirer quelque ombrage
Si celui qui le prend paraissait à nos yeux
Comme un digne héritier de vingt rois ses aïeux,
Ou bien comme un héros couronné par la gloire,
Rehaussé par l'éclat de plus d'une victoire.
Mais Jésus est, dit-on, le fils d'un charpentier ;
Il a passé sa vie au sein d'un atelier ;
Et sa main, de travaux d'artisan occupée,
Ne saurait manier ni tenir une épée.
Lui-même, ce matin, interrogé par moi,
M'a dit que son royaume, en le supposant roi,
N'était pas de ce monde ; un semblable royaume
N'a rien qui m'épouvante et n'est qu'un vain fantôme.

CAIPHE.

Ah ! vous le condamnez vous-même à votre insu :
D'une race royale on le prétend issu.
Ses disciples partout proclament sans mystère
Que du grand roi David il descend par son père ;
Et s'il n'est pas suivi par de nombreux soldats,

S'il n'a pas recherché la gloire des combats,
S'il vit pauvre, sans pompe et sans magnificence,
Et peut-être affectant de cacher sa puissance,
Jésus, croyez-le bien, n'est pas moins dangereux.
Il a, pour soulever les crédules Hébreux,
L'arme la plus terrible, une grande éloquence.
Ce qu'elle peut parfois exercer d'influence,
Vous ne l'ignorez pas ; ces tribuns renommés,
Les Gracques, d'éloquence étaient surtout armés,
Quand sur vos patriciens, sur leur pouvoir suprême,
Du haut de la tribune ils lançaient l'anathème ;
Et, deux fois, dans le sang de ces ambitieux
Le Sénat dut noyer leurs plans séditieux !

PILATE.

Mais les Gracques voyaient, grâce à leur éloquence,
Des milliers de Romains s'armer pour leur défense,
Et mourir au Forum dans leur chute entraînés.
Quant à Jésus, je vois contre lui déchaînés
Le peuple, les docteurs, les scribes, le grand prêtre.
Oui, j'ai vu, ce matin, autour de lui paraître
De nombreux ennemis, mais pas un défenseur.
Abandonné de tous, humble et plein de douceur,
Jésus, sous cette simple et modeste apparence,
Ne m'offre ni d'un roi l'éclat et la puissance,

Ni d'un tribun ardent la farouche fierté.

CAIPHE.

Ainsi vous vous fiez à cette humilité,
Pilate, et vous croyez que notre crainte est vaine ?
Cependant quinze jours nous séparent à peine
De la triste journée où l'habile imposteur
Est entré dans nos murs comme un triomphateur.
Jérusalem, la joie au front, heureuse et fière,
Au-devant de ses pas a volé tout entière.
Monté sur un ânon, il s'avançait suivi
D'une autre foule immense ; et chacun à l'envi,
Des arbres du chemin arrachant le feuillage,
Jetait des rameaux verts partout sur son passage.
D'autres plus généreux dans leurs entraînements
Étendaient devant lui leurs propres vêtements.
Hommes, femmes, enfants, rayonnaient d'allégresse ;
Tous paraissaient en proie à quelque folle ivresse ;
Vingt mille voix poussaient des cris séditieux :
Hosanna ! hosanna ! gloire au plus haut des cieux !
Salut, fils de David ! c'est le Roi, le Messie,
Le Sauveur désigné par mainte prophétie !
Ah ! ce jour-là, sans doute, il était dangereux.
Puisqu'il est aujourd'hui maudit par les Hébreux,
Profitons-en ; demain le danger peut renaître :

Le peuple peut demain pour roi le reconnaître,
Et, rebelle, prêter un redoutable appui
A l'homme qu'il veut bien nous livrer aujourd'hui.
Dieu préserve les Juifs d'un acte si coupable !
Mais qui d'eux ou de vous en serait responsable ?
Si plus tard éclatait quelque soulèvement,
César apprendrait certe avec étonnement
Qu'on pouvait étouffer le mal à sa naissance,
Qu'un homme avait tenté d'usurper sa puissance,
Que les Juifs l'avaient pris et l'avaient condamné,
Devant le gouverneur romain l'avaient traîné,
Demandant qu'on le fît mourir en toute hâte ;
En même temps César apprendrait que Pilate,
Malgré nous, a voulu le renvoyer absous :
Et César jugerait entre Pilate et nous !

PILATE, *pensif.*

Oui, l'on m'a raconté ces cris, cet air de fête,
Ce triomphe d'un jour du prétendu prophète.

CAIPHE.

Notre danger commun devrait vous émouvoir.
Unissons-nous tous deux ; j'ai rempli mon devoir
En vous montrant de quoi Jésus était capable :
Faites aussi le vôtre en frappant le coupable.

ACTE TROISIÈME

SCÈNE PREMIÈRE

PILATE, *seul.*

Le grand prêtre a raison : ce Jésus trop puissant
A mes yeux comme aux siens cesse d'être innocent.
Si son nom sur les Juifs exerce un grand prestige,
Qu'il meure sans délai ! Ma sûreté l'exige....
Pourtant... Ah ! je voudrais en cette occasion
Moi-même me cacher mon indécision !

SCÈNE II

PILATE, CLAUDIA.

CLAUDIA.

Pilate, écoutez-moi ; vous avez vu Caïphe,
Et, sans doute, accédant au désir du pontife,
Épousant sa vengeance et son ressentiment,
Vous allez confirmer ce fatal jugement ?

PILATE.

Qui vous dit qu'à ses vœux je sois prêt à souscrire ?

4

CLAUDIA.

J'ai vu sortir d'ici Caïphe ; son sourire,
Une maligne joie éclatant dans ses yeux,
Et je ne sais quel air de triomphe odieux,
Semblaient trahir en lui la haine satisfaite.
Je venais de quitter la mère du prophète.
Quelques amis, restés fidèles au malheur,
L'entourant de leurs soins, partageaient sa douleur.
Leur vue et leurs discours ont fait couler mes larmes ;
Et j'ai senti pour eux redoubler mes alarmes,
Quand le plus acharné de tous leurs ennemis
M'apparut triomphant !

PILATE.

Mais je n'ai rien promis.

CLAUDIA, *vivement.*

Rien promis ! Avez-vous défendu la victime
Que vous aviez jugée exempte de tout crime ?
Avez-vous résolu de sauver l'innocent ?
Jésus peut-il compter sur votre bras puissant
Pour arracher sa tête aux fureurs populaires ?
Saurez-vous résister à d'aveugles colères ?
Oui, Pilate, montrez que votre autorité

Peut, contre les puissants, contre l'iniquité,
Servir à l'opprimé d'asile et de refuge !

PILATE.

Gardons-nous d'oublier qu'ici je suis le juge ;
Que je dois conserver au sein de ce débat
La froide dignité qui sied au magistrat.
Je ne prends point parti, mais j'écoute en silence.
En vous, qui de Jésus embrassez la défense,
Je puis bien excuser un peu d'emportement ;
Mais je dois à Caïphe un égal traitement.
Je ne suis pas surpris de son excès de zèle ;
Aux devoirs de sa charge il se montre fidèle,
En défendant des Juifs l'ancien culte et les lois
Et du grand Sanhédrin la justice et les droits.
Le juge, calme, exempt de toute violence,
Doit tenir entre vous une juste balance.

CLAUDIA.

Ah ! je le vois, Caïphe a gagné son procès !
Ses discours, son adresse ont eu plus de succès
Que mes terreurs, mon songe et les pleurs de Julie,
Que vous avez taxés sans doute de folie.
De Jésus cependant vous disiez que l'aspect
Vous avait, malgré vous, inspiré du respect,

Qu'il vous avait frappé d'un trouble involontaire,
Qu'il était entouré d'un terrible mystère !
Vous vantiez à Marcus son air de majesté,
Et vous vous étonniez qu'il n'eût pas réfuté
Des accusations absurbes ou frivoles,
Faciles à détruire avec quelques paroles.
Qu'il me soit donc permis de demander comment
Caïphe vous a fait changer de sentiment.
Par quel art mensonger ou quel motif palpable
L'innocent à vos yeux est devenu coupable.

PILATE.

Mais qu'il me soit permis de savoir à mon tour
Pourquoi tout le débat qui s'agite en ce jour
Passionne ma femme, émeut, trouble ma fille !
Quel intérêt puissant trouve dans ma famille
Ce prophète des Juifs, cet obscur artisan
Qui, hors de ce palais, n'a plus un partisan ?

CLAUDIA.

Sans doute vous devez me trouver insensée
Si vous n'avez pas su mieux lire en ma pensée.
De cet homme inconnu que m'importe le sort,
Pilate ? et que me font ou sa vie ou sa mort ?
Vous n'avez pas compris le secret de mes larmes.

Mais c'est vous, c'est vous seul qui causez mes alarmes :
Je ne sais quel danger menace mon époux,
Et mon cœur oppressé ne tremble que pour vous.

PILATE.

Oui, toujours, je le sais, quoi que le Ciel m'envoie,
Vous avez partagé mon chagrin ou ma joie.
Sachez donc le sujet de mon anxiété ;
Apprenez, Claudia, toute la vérité.
J'ai, pour le condamner, une raison suprême :
En absolvant Jésus je me perdrais moi-même.

CLAUDIA.

Comment... ?

PILATE.

Les Juifs, dit-on, veulent en faire un roi.
Cette prétention m'inspire peu d'effroi ;
Mais elle peut fournir, en restant impunie,
Un spécieux prétexte à quelque calomnie.

CLAUDIA.

Que craignez-vous ?

PILATE.

Je vois partout des délateurs.

Ce peuple furieux, ses scribes, ses docteurs,
Tout le grand Sanhédrin, et surtout le grand prêtre
Caïphe, Hérode enfin, tous oseront peut-être
Dire qu'un criminel de lèse-majesté
Sous ma protection trouve l'impunité.
Contre de pareils bruits pourrai-je me défendre ?
Qu'ils volent jusqu'à Rome, et soudain sans m'entendre
On me condamnera sur l'accusation.
A la cour de Tibère une délation
Engendre le soupçon : le soupçon est un crime.

CLAUDIA.

Vous vous faites bourreau pour n'être pas victime !

PILATE.

Claudia !

CLAUDIA.

              Craignez donc aussi Jésus : songez
Que ses juges par lui seront un jour jugés.

PILATE.

Eh ! Claudia, laissez cette vaine chimère.
Jésus n'est rien pour moi : je ne crains que Tibère.

CLAUDIA.

Et, de peur de déplaire à César tout-puissant,

Je vous vois prêt, Pilate, à livrer l'innocent.
Voilà ce juge calme, impartial...

PILATE, *montrant Julie qui entre.*

Julie !

CLAUDIA.

Ah ! qu'elle ignore un tel débat !

SCÈNE III

LES PRÉCÉDENTS, JULIE, NOÉMI.

JULIE.

Je vous supplie,
Au nom de la justice et de la vérité,
Mon père, de daigner entendre avec bonté
De pauvres gens... Leur ton, leurs récits, leur langage,
Paraissent pour Jésus le meilleur témoignage.
Jésus leur semble un Dieu que l'on doit adorer !
Ils viennent, en secret, pour lui vous implorer.

PILATE.

Qu'ils entrent.

SCÈNE IV

LES PRÉCÉDENTS, MADELEINE, MARTHE, LAZARE.

JULIE, *à Madeleine et à Marthe.*

Approchez, et soyez confiantes.

MADELEINE, *à Pilate.*

Daignez prêter l'oreille à nos voix suppliantes.
Mais par où commencer ? ah ! je voudrais savoir
Quels gestes, quels accents pourraient vous émouvoir.
Que le Dieu qui connaît les cœurs place en ma bouche
Le ton qui persuade et la raison qui touche.
De Jésus en vos mains vous qui tenez le sort,
Connaissez-vous celui qu'ils condamnent à mort ?
Non, vous n'ignorez pas que depuis trois années
Jésus a parcouru nos villes étonnées,
En tous lieux apportant des consolations,
Et recueillant partout des bénédictions.
Ici la sainteté de ses discours réveille
Au fond des cœurs flétris la vertu qui sommeille ;
Là semant les bienfaits, les miracles, sa main,
Pour glorifier Dieu, donne sur son chemin
Aux infirmes la force, aux cadavres la vie !
Croirait-on que, bien loin de désarmer l'envie,

De faire prosterner un peuple transporté
Devant tant de grandeur et tant d'autorité,
Cette noble conduite à sa perte l'entraîne?
Des prêtres, des docteurs elle lui vaut la haine!
Ils craignent un rival, un maître! Mais vous, vous,
De ces dons glorieux vous n'êtes pas jaloux;
Vous ne partagez pas leur haine et leur colère.
Adorant d'autres Dieux, né de race étrangère,
Fort du nom et du rang de gouverneur romain,
Vous avez l'esprit libre et le pouvoir en main.
A vos ordres il faut que chacun obéisse,
Puisqu'au nom de César vous rendez la justice.
Pourquoi craindrions-nous? Non, non, juste et puis-
Vous ne laisserez pas immoler l'innocent.　　[sant,

    (A Claudia.)

Ah! Claudia, priez pour lui! comme sa mère,
Qui vous a su toucher par sa douleur amère,
Vous possédez un fils qui fait votre bonheur :
Songez-vous quels tourments briseraient votre cœur
En le voyant mourir avec ignominie,
Victime de la haine et de la calomnie?

CLAUDIA.

Grands Dieux!

MADELEINE, *se mettant à genoux devant Pilate.*

    Ah! laissez-moi supplier à genoux.

PILATE.

Levez-vous, je le veux.

(*Elle se relève.*)

Comment vous nommez-vous ?

MADELEINE.

Madeleine.

PILATE, *à Marthe.*

Et vous ?

MARTHE.

Marthe.

PILATE, *à Lazare.*

Et vous ?

LAZARE, *montrant Marthe.*

Je suis Lazare,

Son frère.

PILATE.

Pauvres gens, l'amitié vous égare.

Qu'espérez-vous ? Un Juif viole votre Loi ;

Tout le grand Sanhédrin le condamne. Pourquoi,

Étranger, ignorant en pareille matière,

N'accorderais-je pas ma confiance entière

Au grand prêtre, aux docteurs dont le juste pouvoir

Est encor rehaussé par l'éclat du savoir ?

Est-ce l'autorité, le rang ou la science
Qui vous doivent sur eux donner la préférence ?
Ce Jésus vous paraît un envoyé des cieux ;
Ses prodiges ont dû, suivant vous, en tous lieux
Révéler clairement sa mission divine ;
Ce peuple cependant s'acharne à sa ruine !
Moi qui n'en fus jamais le témoin, dites-moi,
A quel titre pourrais-je ajouter quelque foi
A tous ces prétendus miracles du prophète,
Quand ceux qui les ont vus me demandent sa tête ?
Hérode enfin tantôt l'a pressé, mais en vain,
De montrer quelque effet de son pouvoir divin.

LAZARE.

Eh bien, de ce pouvoir, de sa gloire éclatante,
Voulez-vous contempler une preuve vivante ?
Jetez les yeux sur moi. Mon corps inanimé
Est resté quatre jours dans la tombe enfermé !

JULIE.

O ciel !

CLAUDIA.

Que dites-vous ?

PILATE.

Quoi ! vous osez prétendre... ?

LAZARE.

C'est bien la vérité que je vous fais entendre.
Oui, mes sœurs, mes amis, depuis quatre longs jours,
Aux larmes, aux regrets donnaient un libre cours,
Quand Jésus de ma tombe a fait lever la pierre ;
Et mes yeux, à sa voix, ont revu la lumière !
Seul sorti du séjour d'où nul n'est revenu,
J'atteste la grandeur de ce Dieu méconnu !

PILATE, *à Claudia.*

Ai-je patiemment écouté cette fable,
Claudia ?
                    JULIE.
              Cette fable ?

MARTHE.

                    Et ce fait incroyable
Par plus de cent témoins peut vous être attesté.

PILATE.

N'est-ce pas abuser de ma crédulité ?
Retirez-vous.
                    JULIE.
              Encor quelques instants, mon père.
Quels seraient vos regrets si cet homme est sincère ?

CLAUDIA.

Faut-il à ce récit étrange ajouter foi ?
Je me débats en vain ; je le sens, malgré moi,
S'imposer à mon cœur quand ma raison le nie.

PILATE.

Le tenez-vous pour vrai ?

JULIE.

J'y crois !

MADELEINE, *baisant la main de Julie.*

Soyez bénie !

CLAUDIA, *à Pilate.*

L'équité vous oblige à ne rien négliger
Dans ce fatal procès que vous devez juger.
D'un prodige si grand la lumière doit naître,
Si c'est la main d'un dieu qu'il y faut reconnaître.
Interrogez encor, de grâce...

PILATE.

Eh bien, je veux,
Pour calmer votre esprit, accéder à vos vœux.

(A Lazare et à Marthe.)

Parlez : expliquez-nous dans quelle circonstance
Jésus aurait sur vous révélé sa puissance.

MARTHE.

Ce que je vous dirai, je l'ai fait, je l'ai vu.

PILATE.

Parlez.

MARTHE.

Mon frère atteint par un mal imprévu
Semblait rapidement marcher vers l'agonie.
Notre triste maison du bourg de Béthanie
Retentissait partout de sanglots et de pleurs.
Ma sœur Marie et moi, confondant nos douleurs,
Nous gémissions en vain, et, dans notre impuissance,
De Jésus son ami nous regrettions l'absence.
Oui, notre ami, le sien ! Ce Fils du Dieu vivant
Daigne nous visiter, nous instruire souvent.
Il se plaît à revoir Lazare ; honneur insigne !
De sa sainte amitié Jésus l'a trouvé digne.
De ce Maître divin connaissant le pouvoir,
Ma sœur Marie et moi, dans notre désespoir,
Nous fîmes à Jésus, par un ami fidèle,
Au delà du Jourdain porter cette nouvelle :

« Celui que vous aimez est malade et languit ;

« Nous tremblons pour ses jours. » Et Jésus répondit :

« Vous ne le perdrez pas ; femmes, soyez sans crainte ;

« Par ce mal dont Lazare a ressenti l'atteinte

« Dieu veut montrer sa gloire et celle de son Fils. »

Ces mots avaient rendu le calme à nos esprits,

Et déjà, sur la foi d'une telle promesse,

Nous avions de nos cœurs banni toute tristesse,

Quand Lazare mourut...

PILATE.

Mourut? vous l'affirmez?

On se trompe souvent sur les êtres aimés.

Peut-être avez-vous pris, en ce moment suprême,

L'image de la mort pour la mort elle-même?

Peut-être...

MARTHE.

Non : assise au chevet des mourants,

Plus d'une fois, hélas! sur leurs fronts expirants

J'ai vu la mort marquer son empreinte terrible.

Oui, Lazare a passé par ce moment horrible ;

Je l'ai vu se débattre en vain, puis s'affaiblir,

S'éteindre et dans mes bras rendre un dernier soupir.

Il mourut. Il n'est pas de langage en ce monde

Qui puisse retracer notre stupeur profonde!

On l'inhuma suivant le rite accoutumé ;
Et nous, sous notre toit désert, inanimé,
Nous restâmes en proie à la douleur stérile.
Le quatrième jour, nos amis de la ville,
Venant nous prodiguer les consolations,
Louaient ce frère objet de nos affections.
Tandis qu'ils confondaient leurs pleurs avec les nôtres,
On vit venir Jésus suivi de ses Apôtres.
On me l'apprend, je cours, je l'aborde et lui dis :
« Seigneur, si vous aviez été dans ce pays,
« Nous n'aurions pas perdu votre ami, notre frère !
« Mais même maintenant tout ce qu'à votre Père
« Vous voudrez demander, il vous l'accordera.
— « Lazare ! dit Jésus, il ressuscitera. »
— « Oui », répondis-je, « au jour du jugement suprême. »
Et Jésus repartit : « Marthe, je suis moi-même
« La résurrection et la vie ; et celui
« Qui croit en moi vivra, fût-il mort aujourd'hui.
« Quiconque vit et place en moi sa confiance
« Ne meurt pas pour toujours. Est-ce votre croyance ? »
Et, sa voix pénétrant jusqu'au fond de mon cœur,
Je m'écriai : « Je sais que vous êtes, Seigneur,
« Le Christ, le Fils de Dieu descendu sur la terre »
J'allai querir ma sœur, lui dire avec mystère :
« Le Maître vous demande ». Il était demeuré

Au lieu même où d'abord je l'avais rencontré.
Nous nous y dirigeons, menant à notre suite
Tous ces nombreux amis qui nous rendaient visite.
Dès qu'elle voit Jésus paraître devant nous,
Ma sœur court, se prosterne et lui dit à genoux :
« Seigneur, si vous aviez été près de mon frère,
« La mort n'eût pas atteint une tête si chère! »
Et, nous voyant pleurer et nous et nos amis,
Jésus frémit, se trouble et dit : « Où l'a-t-on mis? »
Alors Jésus pleura! Puis, sur notre prière,
Se rendit au sépulcre. « Otez, dit-il, la pierre. »
Nous étions dans l'attente. Après avoir prié,
D'un ton d'autorité Jésus s'est écrié :
« Sors, Lazare. » Et, sortant de cette tombe ouverte,
De son suaire encor la figure couverte,
Et le corps tout entier de bandes entouré,
Debout au même instant, Lazare s'est montré!
On défit ses liens par ordre du prophète,
Et notre jour de deuil devint un jour de fête.

JULIE.

Mon père, ce récit a dû vous émouvoir?

CLAUDIA.

Ah! cet homme est armé d'un terrible pouvoir.

PILATE, *à Marthe.*

Et cent témoins ont vu ce prodige?

MADELEINE.

                    Et leur zèle
S'est empressé partout d'en porter la nouvelle.
Jérusalem a vu, sous cette impression,
Son peuple saluer, plein d'admiration,
Ce Jésus qu'il poursuit maintenant de sa haine!

SCÈNE V
LES PRÉCÉDENTS, MARCUS

MARCUS, *à Marthe et à Madeleine.*

Laquelle de vous deux s'appelle Madeleine?

MADELEINE.

C'est moi.

MARCUS.

          Vous! vous osez, sous ces dehors pieux,
Vous arroger le droit de paraître en ces lieux,
Que votre seul aspect scandalise et profane!
Sachez que cette femme est une courtisane,

Qui, le jour, doit cacher ses traits déshonorés,
Dont le souffle corrompt l'air que vous respirez,
Vous, vertueuse épouse, et vous, vierge innocente !
Voilà les partisans de la secte naissante !
Elle a pour ennemis la loi, l'autorité,
Le savoir, la richesse ; et, de l'autre côté,
Des pêcheurs ignorants, des femmes méprisables,
Des publicains, tels sont les appuis misérables
De ce prétendu roi qui n'a ni feu ni lieu !
Chassez ces gens, mon père, et condamnez leur Dieu.

MADELEINE.

Je saurais accepter cette cruelle offense,
Sans murmurer, sans dire un mot pour ma défense,
Si vous ne faisiez pas à Jésus remonter
Un affront que j'ai pu moi seule mériter.
Oui, c'est son nom qu'on cherche à traîner dans la boue ;
C'est lui que votre main soufflette sur ma joue.
De grâce, écoutez-moi : sachez la vérité.
Pauvre, orpheline, jeune, ayant quelque beauté,
Tout aux séductions laissait mon âme ouverte ;
Vaine, adulée, hélas ! je courus à ma perte,
Consacrant en riant mon propre déshonneur.
J'eus bientôt oublié les lois de la pudeur,
De la pudeur, la force et l'attrait de la femme.

J'étais encor plongée en cette vie infâme,
Quand d'entendre Jésus, un jour, j'eus le bonheur.
A sa voix, je sentis s'éveiller dans mon cœur
Les notions d'honneur, de vertu, de morale.
De mes tristes plaisirs je compris le scandale.
Je connus de nouveau la honte ; et dès ce jour
Je n'offris qu'à Dieu seul un pur et saint amour ;
Et, prenant en horreur ma coupable existence,
Dans le deuil et les pleurs j'en ai fait pénitence.
Dieu, qui juge et connaît les sentiments cachés,
Par la voix de Jésus m'a remis mes péchés.
Gardez-vous de penser que, par un tel langage,
Je veuille repousser le mépris et l'outrage
Qu'à la femme déchue on a droit de jeter.
Mais il me semble au moins qu'on devrait respecter
Celui qui, me rendant la pudeur oubliée,
Avec moi-même et Dieu m'a réconciliée !

MARCUS.

Par Jésus, dites-vous, vos péchés sont remis ?
Mais comment prouve-t-il que ce qu'il a promis
Est au ciel approuvé par le Dieu qu'il annonce ?

MARTHE.

Jésus lui-même un jour a fait cette réponse

A quelques Pharisiens doutant de son pouvoir,
Et niant comme vous ce qu'ils ne pouvaient voir :
« Supposez, leur dit-il, que ce paralytique,
« Qui gît sur un grabat dans la place publique,
« Se lève si je dis : Levez-vous et marchez ;
« Croirez-vous que je puis remettre les péchés?
« Contemplez donc de Dieu la puissance éclatante ;
« Levez-vous et marchez! » Tous étaient dans l'attente,
Quand l'homme, se levant, d'un pas ferme et joyeux,
Emportant son grabat, disparut à nos yeux.

MARCUS.

Et son Dieu maintenant ne peut-il le défendre?

LAZARE.

Adorons ses décrets même sans les comprendre.

MARTHE, *à Pilate*.

Enfin cet accusé remis entre vos mains
Est investi par Dieu de pouvoirs surhumains.
Il sème les bienfaits dans toutes nos contrées ;
Il chasse le péché des âmes épurées ;
Au fond de leur sépulcre il ranime les morts.
Maître de nos esprits et maître de nos corps,
C'est bien le Fils de Dieu, descendu sur la terre,

Qui, dans le Ciel, assis à la droite du Père,
Doit nous juger au jour du dernier jugement.
Pour vous, comme pour lui, montrez-vous donc clé-
[ment!

MARCUS.

Ah! c'en est trop, mon père, imposez-leur silence.
On ne peut plus souffrir une telle insolence.

PILATE.
(*A Marthe, à Madeleine et à Lazare.*)

Allez.

(*A Claudia et à Marcus.*)

De mon côté, je veux me retirer,
Et pour le jugement faire tout préparer.

FIN DU TROISIÈME ACTE.

ACTE QUATRIÈME

SCÈNE PREMIÈRE

PILATE, MARCUS.

PILATE.

Cet homme à la douleur s'est-il montré sensible ?
Ou bien a-t-il gardé cet air calme, impassible,
Depuis qu'il a subi la flagellation ?

MARCUS.

J'ai lu sur tous ses traits la résignation.
D'une grande douleur son front porte l'empreinte,
Mais n'exprime, en effet, ni désespoir ni crainte.
Certes pour supporter aussi patiemment
Un tel degré de honte et d'avilissement,
Il faut avoir reçu du destin en partage
Ou bien peu de pudeur ou le plus grand courage !
Vos soldats, sans pitié pour tant d'humilité,
S'inclinent en riant devant sa royauté.
Avec de faux respects on l'honore, on le prie ;
Et le succès croissant de chaque raillerie
Inspire incessamment quelque outrage nouveau.

Pour sceptre ils ont placé dans sa main un roseau ;
Puis ils l'ont couronné d'épines acérées,
Et le sang a rougi ses tempes déchirées.
Mais bientôt irrités en voyant leur jouet
Demeurer devant eux immobile et muet,
J'en ai vu qui poussaient encor plus loin l'outrage,
Jusqu'à le souffleter, lui cracher au visage !

PILATE.

Vous n'avez pas usé de votre autorité,
Marcus, pour mettre un terme à cette indignité ?

MARCUS.

Eh bien ! non, non.

PILATE.

Comment ?...

MARCUS.

                              Ce traitement infâme
A d'abord, je l'avoue, ému, troublé mon âme ;
Et je voulais, cédant au premier mouvement,
Sauver ce malheureux de leur acharnement.
Cependant je me dis : la pitié n'est pas faite
Pour ce fils d'artisan qui se prétend prophète,

Qui, dans son fol orgueil, prend le titre de roi,
Et se dit fils de Dieu pour imposer sa loi !
Plus cet affront grossier l'abaisse et l'humilie,
Et plus, aux yeux des Juifs, apparaît sa folie.

PILATE.

Je ne le crois ni Dieu, ni prophète, ni roi ;
Quelque chose pourtant me trouble malgré moi...

MARCUS.

Hélas ! vous subissez le joug de la famille ;
Aux rêves d'une épouse, aux larmes d'une fille
Le gouverneur romain n'ose pas résister.

PILATE.

Ah ! mon fils !

MARCUS.

Autrement qui vous fait hésiter ?
Qui peut vous empêcher d'ordonner son supplice ?

PILATE.

Je suis juge, Marcus, et je hais l'injustice.
Cet homme est innocent.

MARCUS.

Il ne l'est pas pour moi.

Il suffit que le peuple, un jour, l'ait nommé roi,
Pour qu'à mes yeux sa mort soit juste et légitime.
Sa vie est un danger : donc sa vie est un crime !

PILATE.

Vous aussi, vous semblez craindre ce malheureux ?

MARCUS.

Mais hier encor, sans doute, il était dangereux :
A commander les Juifs n'osait-il pas prétendre ?
Des rois de ce pays on le faisait descendre ;
Et le peuple accourait en foule à cette voix
Qui tonnait contre nous, les prêtres et les lois.
De cet homme aujourd'hui proclamez l'innocence :
Vous verrez dès demain sa fatale influence
Grandir, se retremper dans cette impunité,
Et se jouer bientôt de votre autorité.
Pour le perdre aujourd'hui vous n'avez rien à faire.
Laissez monter le flot du courroux populaire ;
N'y mettez point d'obstacle et, soudain englouti,
Jésus va disparaître avec tout son parti.
Mais si vous l'absolvez, il prend de l'importance ;
Et l'on ne peut prévoir, quand de sa résistance
Il vous faudra plus tard à tout prix triompher,
Dans quels torrents de sang vous devrez l'étouffer !

PILATE.

Ne vous créez-vous pas vous-même un vain fantôme ?
C'est au ciel que Jésus a placé son royaume,
Et son isolement prouve assez aujourd'hui
Qu'il ne doit sur la terre attendre aucun appui.
Comment ces Juifs, témoins de sa toute-puissance,
Ne lui montrent-ils pas plus de reconnaissance,
Si, comme on nous l'a dit, tant de faits merveilleux
Se sont, depuis trois ans, accomplis sous leurs yeux ?
Comment a-t-il soudain perdu tout son prestige ?
De Lazare vivant l'incroyable prodige
Aurait dû rallier à Jésus tous les cœurs ;
Et pourtant je n'ai vu que des accusateurs,
Des bourreaux, le vouant à ce supplice infâme,
La croix !... Voilà, Marcus, ce qui trouble mon âme.

MARCUS.

Dans ces faits merveilleux, dans ce divin pouvoir,
Ne comprenez-vous pas, mon père, qu'il faut voir
L'inévitable effet des luttes politiques.
Dans un État soumis aux lois théocratiques,
Celui qui veut parler avec autorité
Doit se dire l'élu de la Divinité.
Pour qui veut parvenir à ce but, les miracles

Sont le plus sûr moyen de vaincre les obstacles.

PILATE.

Mais ces miracles...?

MARCUS.

Sont de pures fictions.
On conserve en tous lieux de ces traditions ;
Vous en trouverez mille en lisant notre histoire.
L'homme d'État sourit et se garde d'y croire.

SCÈNE II

PILATE, MARCUS, CLAUDIA, JULIE.

CLAUDIA, *entre agitée.*

Pilate !

PILATE.

Qu'avez-vous ?

CLAUDIA.

Ah ! quels événements
Me confirment déjà dans mes pressentiments !

PILATE.

Qu'est-il donc arrivé?

CLAUDIA.

S'il en est temps encore,
Au nom du Dieu des Juifs, de ceux que Rome adore,
Au nom de notre fille, au nom de notre amour,
Gardez-vous de céder à Caïphe en ce jour;
De Jésus gardez-vous d'ordonner le supplice.
Que Caïphe et les siens tremblent ! car leur complice
Judas, qui, violant le droit le plus sacré,
A trahi son ami, l'a vendu, l'a livré,
Judas déjà du ciel éprouve la colère !
Ah! Pilate ! Pilate !

PILATE.

Expliquez-vous.

JULIE.

Ma mère,
De grâce, calmez-vous.

CLAUDIA.

Judas honteux, confus,

En apprenant le sort qui menace Jésus,
L'âme en proie aux remords qui déchirent les traîtres,
Va retrouver Caïphe et les princes des prêtres.
« J'ai péché », leur dit-il ; « c'est le sang innocent
« Que je vous ai livré ; reprenez votre argent. »
Et comme ils répondaient : « Vois ce que tu veux faire ;
« Que nous importe à nous ? ce n'est plus notre affaire ! »
Judas jette l'argent dans le temple ; et son cœur,
Outré de ce refus, bouillonne de fureur.
Il se voit repoussé par les uns et les autres,
Méprisé de Caïphe, abhorré des Apôtres.
Cette haine de tous lui dessille les yeux ;
Il se trouble ; il comprend son forfait odieux ;
Et, dans son désespoir, son âme forcenée,
Vers un crime nouveau par son crime entraînée,
Cherche dans le trépas la fin de ses remords.
Il se pend ! Mais bientôt, sous le poids de son corps,
Le lacet se rompant, ses entrailles brisées
Gisent avec son sang sur le sol dispersées ;
Et, muette, la foule accourue en ce lieu,
Tremble en reconnaissant le jugement de Dieu !

MARCUS.

Que voulez-vous conclure ? Et de ce misérable,
Ma mère, que nous fait le destin déplorable ?

Ose-t-on comparer Pilate à ce Judas ?

CLAUDIA.

Comparer mon époux !... vous ne le pensez pas,
Marcus ? mais je m'effraie. Et quand je vois le traître
Qui de ces Pharisiens, des scribes, du grand prêtre,
S'était fait le premier, le honteux instrument,
Si promptement frappé d'un cruel châtiment ;
Quand de Jésus cent voix m'attestent l'innocence ;
Que des milliers de faits révèlent sa puissance :
Alors mes visions me reprennent encor ;
J'entends, j'entends la voix de l'ange aux ailes d'or :
« De l'avenir apprends, Claudia, le mystère :
« Malheur aux ennemis de Jésus sur la terre !
« Jésus les jugera comme ils l'auront jugé. »

PILATE.

Parmi ces ennemis m'avez-vous donc rangé,
Claudia ?
CLAUDIA.

    Mais, Pilate, est-ce une main amie
Qui l'a fait attacher au poteau d'infamie ?
Qui l'a fait flageller ? Et ces affronts sanglants
Dont l'abreuvent ici vos soldats insolents,
Vous les avez connus... et commandés peut-être ?
    (Pilate fait un geste de dénégation.)

Vous les avez connus du moins ; et les connaître,
Sans vous en émouvoir et sans intervenir
Pour les faire cesser, sinon pour les punir,
C'est les autoriser et s'en rendre complice !

PILATE.

Ces affronts, j'en déplore avec vous l'injustice.
Mais, dans cet instant même où je les apprenais,
Marcus peut attester que je m'en indignais.
Je l'ai fait flageller, il est vrai ; mais j'espère
Pouvoir ainsi des Juifs apaiser la colère.
Je veux en sa faveur exciter leur pitié,
En leur montrant Jésus humble, abattu, lié,
Et de son front le sang coulant sur son visage !
Vous savez qu'en ce jour je dois, suivant l'usage,
Me conformant aux vœux du peuple consulté,
A l'un des prisonniers donner la liberté.

CLAUDIA.

Ce peuple le hait bien !

PILATE.

        Croyez-vous qu'il hésite
A délivrer Jésus, si, dans cette limite,
Son choix est circonscrit : Jésus ou Barrabas ?

Barrabas ! Type affreux des plus vils scélérats,
Qui ne vit que de vol et que de brigandage,
Ne respire que meurtre, assassinat, pillage,
Dont le nom seul répand la terreur en tous lieux !
Voudraient-ils déchaîner ce monstre furieux ?
Sa liberté sur tous suspend une menace !
Non, non ; c'est pour Jésus qu'ils demanderont grâce.
Entre lui dont ils n'ont reçu que des bienfaits,
Et l'homme dont on cite en tremblant les forfaits,
Leur option ne peut demeurer incertaine.

CLAUDIA.

Qu'espérez-vous, Pilate ? A leur aveugle haine
Vous voulez demander l'impartialité ?

JULIE.

Ah ! quels que soient les vœux de ce peuple irrité,
Ses cris passionnés de haine et de vengeance,
Mon père, laissez-vous aller à l'indulgence :
Sauvez-les, sauvez-les de leur propre fureur !
Quand ils auront plus tard reconnu leur erreur,
Les Juifs vous sauront gré de votre résistance
Et du refus de rendre une injuste sentence.

(Elle prend la main de Claudia.)

Après le juge enfin c'est au père, à l'époux

6

Que nous nous adressons ; nous vous prions pour nous.
Qu'il soit ou non un Dieu descendu sur la terre,
Cet homme est revêtu d'un divin caractère.
Son aspect trouble, émeut les esprits étonnés :
Le Ciel est avec lui! Si vous le condamnez,
De ma mère à jamais vous troublerez la vie !
De mille visions son âme poursuivie
Deviendra le jouet d'un éternel tourment.
Elle et moi nous croirons entendre incessamment
Quelque orage imprévu gronder sur notre tête,
Et la foudre du Dieu vengeur de son prophète !
De ce sombre avenir préservez-nous tous trois.

CLAUDIA.

Écoutez-la ; les Dieux vous parlent par sa voix.

PILATE.

Je vous promets de faire en faveur de cet homme
Tout ce que mon devoir et l'intérêt de Rome
Pourront autoriser ; n'en exigez pas plus.
Adieu.
         (*Il sort.*)

MARCUS.

Que de faiblesse !

SCÈNE III

MARCUS, CLAUDIA, JULIE.

JULIE, *à Marcus qui veut sortir.*

Écoutez-moi, Marcus.

Envers ce malheureux vous vous montrez sévère !
A le sacrifier vous excitez mon père :
Quand hier encor son nom vous était inconnu,
Contre lui maintenant qui vous a prévenu ?
Vous êtes le témoin de nos pleurs, de nos craintes ;
De quels pressentiments nos âmes sont atteintes,
Où tendent tous nos vœux, vous ne l'ignorez pas.
Cependant je vous vois demander son trépas,
Et céder aux clameurs d'une foule irritée.
Ah ! je croyais — du moins je m'en étais flattée —
Vous trouver accessible à la pitié, Marcus !
Auriez-vous donc pu voir la mère de Jésus,
Et n'être pas touché de ses larmes amères ?

MARCUS.

Eh ! tous les criminels ont des enfants, des mères :
Les écoutera-t-on ? Mais l'on verrait toujours,
De la justice prête à suspendre son cours,

Le coupable braver l'impuissante menace,
Si les larmes pouvaient lui procurer sa grâce,
Si la pitié devait prévaloir sur la loi.
Un homme n'a pas craint de se prétendre roi,
De méconnaître ainsi l'autorité de Rome :
Pilate est obligé de condamner cet homme.
Je ne puis conseiller que la sévérité.
Mon père, à mon avis, n'a que trop hésité.

(Il sort.)

SCÈNE IV

CLAUDIA, JULIE, puis NOÉMI.

JULIE.

Marcus reste insensible et sourd à ma prière !

NOÉMI, entrant.

Claudia, c'en est fait. La cité tout entière
Se soulève en poussant mille cris odieux.
Je ne sais quel délire est peint dans tous les yeux.
Ils viennent, sous le nom mensonger de justice,
De nouveau réclamer un injuste supplice !

(Elle montre la fenêtre à Claudia et à Julie.)

Regardez : vous verrez les hommes, les vieillards,
Les femmes, accourir ici de toutes parts.

Dans ces groupes divers, tous les rangs, tous les âges,
Se montrent confondus; mais sur tous les visages
Respire également la même passion ;
Chacun vient apporter sa malédiction!

JULIE.

Ma mère, sous nos yeux quelle foule se presse !

NOÉMI.

Cette foule accueillait par des cris d'allégresse,
Naguère, à son retour dans la sainte cité,
Celui par qui Lazare était ressuscité!

CLAUDIA, *à Noémi.*

Quel est ce groupe à droite?

NOÉMI.

          A cet air d'arrogance,
A ces manteaux drapés avec tant d'élégance,
A ces fronts dédaigneux, à ces hardis maintiens,
Qui ne reconnaîtrait les chefs des Pharisiens ?
Leur affectation de froideur apparente
Cache des sentiments de haine violente.
Non, non, Jésus n'a pas de plus grands ennemis.
Pour obtenir sa mort ils croiraient tout permis !

CLAUDIA.

J'aperçois de Jésus la mère désolée.
De ses malheurs, hélas ! la mesure est comblée !
Dans son regard éteint je lis tant de douleurs
Que j'ai peine, Julie, à retenir mes pleurs.

NOÉMI.

Voyez à ses côtés et Marthe et Madeleine,
Qui ne l'ont pas quittée et partagent sa peine.

CLAUDIA.

Quel est donc ce jeune homme auprès d'elles? Son front
Reste digne, imposant, dans son chagrin profond.

NOÉMI.

Ce jeune homme, c'est Jean ; c'est l'un des douze Apôtres ;
C'est celui que Jésus aime plus que les autres.
Voyez-vous là, dans l'ombre, au fond, presque caché,
Un homme sur sa main tenant son front penché ?

JULIE.

Je le vois.

NOÉMI.

C'est le chef des Apôtres, c'est Pierre.

C'est à lui que Jésus soumet l'Église entière.

Jésus pour ses projets veut-il un confident :

C'est Pierre qu'il choisit. Et l'on dit cependant

Que Pierre, cette nuit, a renié son Maître,

Que trois fois il a feint de ne pas le connaître !

Jésus l'avait prédit. Qui répondra de soi,

Mon Dieu, si celui-là chancelle dans sa foi?

SCÈNE V

LES MÊMES, *et hors de la scène*, PILATE, CAIPHE,
DES JUIFS.

(*Noémi, Claudia, Julie, regardent ce qui se passe au dehors.*)

CLAUDIA.

Mais Pilate paraît.

VOIX NOMBREUSES, *au dehors.*

Ah !

UNE VOIX, *au dehors.*

Silence !

UNE AUTRE VOIX, *de même.*

Silence !

CLAUDIA.

Comme au souffle du vent la moisson se balance,

De cette foule ainsi le flot est agité.

CAIPHE, *au dehors.*

A l'un des prisonniers rendez la liberté,
Pilate : c'est l'usage en ce saint jour de fête.

UNE VOIX, *au dehors.*

Oui, délivrez-en un.

NOÉMI.

Sauvez votre prophète,
Jéhovah ! Dieu puissant !

CLAUDIA.

Dieu des Juifs, et vous tous,
Dieux du monde romain, protégez mon époux !

PILATE, *au dehors.*

Oui, je vous reconnais un droit de préférence :
De qui demandez-vous ici la délivrance,
De Jésus dit le Christ ou bien de Barrabas ?

VOIX NOMBREUSES, *au dehors.*

Barrabas ! Délivrez Barrabas !

NOÉMI.

Les ingrats !

Qui peut donc exciter la fureur populaire?

PILATE, *au dehors.*

Mais de Jésus, nommé le Christ, que dois-je faire?

VOIX NOMBREUSES, *au dehors.*

Qu'il soit crucifié !

PILATE, *au dehors.*

Quel mal a-t-il donc fait?

VOIX, *au dehors.*

Qu'il soit crucifié !

PILATE, *au dehors.*

J'ai cherché son forfait ;
Je n'en ai pas trouvé digne de cette peine.
Je l'ai fait flageller ; j'ordonne qu'on l'amène ;
Et quand vous l'aurez vu faible, battu, lié,
Qu'il soit libre !

VOIX NOMBREUSES, *au dehors.*

Non, non, qu'il soit crucifié.

JULIE, *à Claudia.. en lui montrant la galerie.*

Le voilà !

CAIPHE, *au dehors.*

Nous l'avons convaincu de blasphème.

CLAUDIA, *troublée.*

C'est bien lui que j'ai vu cette nuit... C'est lui-même.

PILATE, *au dehors.*

Voici l'Homme !

VOIX, *au dehors.*

Ah !

CLAUDIA.

C'est lui !

UNE VOIX, *au dehors.*

Périsse l'imposteur !

UNE AUTRE VOIX, *de même.*

A mort le faux prophète et le blasphémateur !

CAIPHE, *au dehors.*

Pilate, commandez qu'on immole ce traître !

CLAUDIA.

Je reconnais ces cris et la voix du grand prêtre.
Le songe qui troublait mon esprit effrayé

Commence à s'accomplir.

VOIX, *au dehors.*

Qu'il soit crucifié!

PILATE, *au dehors.*

Mais il est innocent.

VOIX NOMBREUSES, *au dehors.*

Non. Justice! justice!
Qu'il meure!

CAIPHE, *au dehors.*

Notre loi demande son supplice
Pour avoir pris le nom de Fils du Dieu vivant.

NOÉMI, *à la fenêtre.*

On fait rentrer Jésus. Pilate le suivant
Laisse là tout le peuple et revient au prétoire.

(*Elle regarde dans la galerie.*)

Jésus subit encore un interrogatoire.
Pilate est, je le vois, inquiet, tourmenté.
Oui, Jésus paraît calme et Pilate agité.

CLAUDIA, *à la fenêtre.*

Pilate reparaît au dehors...

VOIX, *au dehors.*

Ah!... Justice!

CLAUDIA, *à la fenêtre.*

Et sur son tribunal il s'assoit

VOIX, *au dehors.*

Qu'il périsse !

UNE VOIX, *au dehors.*

Pilate, si par vous Jésus est délivré,
Vous n'aimez pas César. Jésus s'est déclaré,
En se prétendant roi, contre César et Rome.

CLAUDIA, *à la fenêtre.*

On ramène Jésus.

VOIX, *au dehors.*

Faites mourir cet homme !

VOIX NOMBREUSES.

Oui.

PILATE, *au dehors.*

Voilà votre roi !

VOIX, *au dehors.*

Non, non, qu'il meure !

PILATE, *au dehors.*

Eh quoi !

A la croix dois-je faire attacher votre roi?

UNE VOIX, *au dehors.*

Nous n'avons d'autre roi que César, que Tibère.

AUTRES VOIX.

Longue vie à César!

CLAUDIA, *à Julie.*

Hélas! je désespère.
Pilate va céder devant cet argument;
Il redoute César et son ressentiment.

VOIX, *au dehors.*

Qu'il soit crucifié!

AUTRES VOIX.

Prononcez la sentence.

CLAUDIA.

Ah! Pilate se lève et veut parler.

VOIX, *au dehors.*

Silence!

PILATE, *au dehors.*

Qu'il soit donc fait selon vos vœux réitérés.
Mais vous seuls le voulez, vous seuls en répondrez.

VOIX NOMBREUSES, *au dehors.*

Oui, oui.

UNE VOIX.

Faites-le donc mourir en toute hâte.

PILATE, *au dehors.*

Je vous le ferai donc livrer...

NOÉMI.

Je vois Pilate
Laver ses mains dans l'eau qu'on place devant lui.

PILATE, *au dehors.*

Mais je suis innocent du sang de ce juste !

VOIX NOMBREUSES, *au dehors.*

Oui.
Sur lui, sur nos enfants, que tout son sang retombe !

NOÉMI.

Ce peuple se maudit lui-même !

CLAUDIA, *s'appuyant sur Julie.*

Je succombe...
Pilate ?... Et l'avenir !... Jésus sera vengé...
Jésus les jugera comme ils l'auront jugé !

FIN DU QUATRIÈME ACTE.

ACTE CINQUIÈME

Les ténèbres. — Une lampe est allumée sur la scène. — Le jour
reparaît pendant le commencement de la première scène.

SCÈNE PREMIÈRE

JULIE, CLAUDIA.

CLAUDIA, *entrant.*

Quel Dieu puissant permet que le ciel s'obscurcisse ?
Est-ce pour se voiler devant notre injustice
Que le soleil soudain se dérobe à nos yeux
Et nous prive, en plein jour, de la clarté des cieux ?
Ce prodige nouveau m'agite et me tourmente.
Le trouble de mon âme à chaque instant augmente.
Une angoisse inconnue, une vague terreur
Pénètrent tous mes sens d'une indicible horreur !
A ces sombres pensers je voudrais me soustraire.
Ma fille, parle-moi : tu sauras me distraire ;
Ta voix m'inspirera des sentiments plus doux.
        (*Noémi entre sans être vue.*)

JULIE.

Ma mère, je ne puis que trembler avec vous.

7

Je me sens abattue aussi! De ces ténèbres
Où je crois voir passer mille spectres funèbres,
Mon regard ne saurait percer l'obscurité.
Et si j'y réfléchis, mon esprit agité,
S'efforce vainement d'en sonder le mystère !

NOÉMI, s'avançant.

Et quand ce voile a-t-il enveloppé la terre?
Au moment où, devant un peuple sans pitié,
La croix, qu'ensanglantait Jésus crucifié,
Venait d'être dressée au sommet du calvaire !

CLAUDIA.

Ah ! que s'est-il passé ?

JULIE, à Noémi.

              Viens donc, viens satisfaire
Notre juste désir d'apprendre enfin comment
Ils ont exécuté ce fatal jugement?

NOÉMI.

Ah ! j'ai vu préparer ce sanglant sacrifice ;
Et j'ai suivi Jésus jusqu'au lieu du supplice.
Ce spectacle d'effroi me fait encor trembler !
Mais dois-je maintenant devant vous dérouler

Les lugubres détails de ce terrible drame !

CLAUDIA.

Oui, je veux tout savoir.

JULIE, *à sa mère.*

Mais, au fond de votre âme,
Je crains qu'un tel récit n'augmente vos terreurs ;
Et vous veniez ici pour calmer vos douleurs ?

CLAUDIA, *à Noémi.*

Parle ; de cette croix que Pilate a dressée
Vainement je voudrais détourner ma pensée.
Ne me cache donc rien ; ah ! la réalité
Sera moins triste encor que mon anxiété !

NOÉMI.

Vous avez entendu par quels cris de vengeance
De Pilate le peuple accueillait la sentence.
Caïphe et les docteurs, mus par la passion,
Réclament sans délai son exécution.
Aussitôt de Jésus s'apprête le cortège.
Cependant on l'insulte, et nul ne le protège.
Le calme que Jésus oppose à leur fureur
De leur aveugle haine a redoublé l'ardeur.

Mille outrages sanglants, mille coups, mille injures,
De ses derniers moments aggravent les tortures !
Deux larrons, tous les deux à la mort condamnés,
Du fond de leur prison sont bientôt amenés.
En les associant dans le même supplice,
Peut-être on le fera passer pour leur complice.
Jésus et les larrons, conduits par vos soldats,
Bientôt vers le calvaire ont dirigé leurs pas.
La ville entière alors s'inquiète et s'agite.
La foule, ou derrière eux court et se précipite,
Ou pour les voir passer accourt de toutes parts.
Ils sont trois ; mais un seul attire les regards.
Jésus seul est l'objet de leur jalouse rage ;
On ne voit que lui seul ; c'est lui seul qu'on outrage.
Il aperçoit partout, s'il veut lever les yeux,
Des gestes menaçants, des regards furieux.
Chacun, sur son chemin, lui jette l'anathème.
Ah ! combien doit souffrir en ce moment suprême
L'homme qui, vers le lieu des exécutions,
S'avance entre deux rangs de malédictions !
Mais tant d'émotions dépassent la mesure
Qu'aux forces de Jésus assigne la nature.
L'ordre de ses bourreaux lui fait porter sa croix ;
Et bientôt on le voit chanceler sous ce poids !
On s'arrête aussitôt, on l'entoure, on s'empresse :

Chacun veut que l'on vienne en aide à sa faiblesse.
Ce qui les meut pourtant, ce n'est pas la pitié ;
Ils veulent avant tout qu'il soit crucifié,
Qu'il arrive au calvaire et subisse sa peine !
A ce moment, Simon, un homme de Cyrène,
Passait en revenant de sa maison des champs.
On dit que de Jésus c'est un des partisans.
On l'arrête ; à la force il faut qu'il obéisse :
On l'oblige à porter l'instrument du supplice.

CLAUDIA.

Quoi ! la pitié n'a pas attendri tous les cœurs
Au spectacle émouvant de si grandes douleurs !
Quoi ! les ingrats ! ils ont avec indifférence,
Peut-être avec plaisir, contemplé la souffrance
De celui dont ils n'ont reçu que des bienfaits !
Des haines de partis voilà bien les effets !
De leur reconnaissance, au moins, sur son passage
N'a-t-il pas recueilli le moindre témoignage ?

NOÉMI.

Ah ! le vent du malheur n'a pas tout desséché !
D'un tel sort plus d'un cœur profondément touché
A la douce pitié se montrait accessible.
Et les femmes surtout dont l'âme est plus sensible,

En faisant éclater leurs sanglots et leurs pleurs,
Suivaient derrière lui le chemin des douleurs !
Mais Jésus, se tournant vers elles, leur dit : « Filles
« De Jérusalem, ah ! pleurez sur vos familles,
« Sur vous, sur vos enfants : ne pleurez pas sur moi ;
« Car il viendra bientôt des jours... des jours d'effroi,
« Où la terreur sera si grande en cette ville
« Qu'on dira : Bienheureuse est la femme stérile !
« Bienheureux sont les flancs qui n'ont point enfanté,
« Et bienheureux les seins qui n'ont point allaité ! »
Que disait donc encor sa voix triste et sévère ?...
Je ne m'en souviens plus.

CLAUDIA.

Et que devient sa mère ?

NOÉMI.

Pauvre femme ! où trouver d'assez sombres couleurs
Pour dépeindre à vos yeux l'excès de ses douleurs !
Les imprécations d'un peuple ivre de haine,
Demandant pour Jésus la plus cruelle peine,
Le fatal jugement qui l'envoie au trépas,
Les rires, les discours insultants des soldats,
Les mépris, les clameurs que la foule avec rage
Par mille et mille voix lui jette à son passage,

Elle entend tout hélas! Et ces gestes, ces cris,
Tous ces traits dont on veut percer le cœur du fils,
Retombent plus aigus sur le cœur de la mère!
Et cependant, malgré cette douleur amère,
De son fils jusqu'au bout elle suivra les pas.
Quelques femmes et Jean ne l'abandonnent pas,
Admirent son courage et pleurent avec elle.
Au calvaire l'attend une épreuve nouvelle.
Quelle épreuve! Elle voit des bourreaux inhumains
Sur le fils qu'elle adore oser porter leurs mains!
Sans s'inquiéter d'elle, à ses pieds on étale
Les marteaux et les clous qui, sur la croix fatale,
Attacheront le corps de son fils! Et ses yeux
Se détournent en vain d'un spectacle odieux,
L'infortunée entend...

JULIE.

Vous pâlissez, ma mère.
Ah! cessons...

CLAUDIA, à Noémi.

Non, poursuis. Comment! une étrangère,
Moi! n'aurai-je donc pas la force d'écouter
Les tourments qu'une mère a bien pu supporter!

NOÉMI.

Elle entend s'accomplir tout ce supplice infâme.

Chaque coup retentit jusqu'au fond de son âme ;
Et, quoique tant de maux l'accablent à la fois,
Elle reste debout au pied de cette croix,
Sur laquelle son fils, avec ignominie,
S'éteint dans une lente et cruelle agonie !

SCÈNE II

LES PRÉCÉDENTS, PILATE.

(Pilate est inquiet et préoccupé pendant cette scène.)

PILATE.

Jésus est mort !

CLAUDIA.

     Déjà ?

PILATE.

               Je n'en puis plus douter.
Et parmi les témoins venus pour l'attester,
Un riche sénateur, Joseph d'Arimathie,
Pour Jésus avouant tout haut sa sympathie,
M'a prié d'ordonner qu'on lui livrât son corps,
Pour lui rendre les soins pieux qu'on doit aux morts.

NOÉMI.

Il emporte au tombeau toutes nos espérances !

JULIE.

La mort a mis, du moins, un terme à ses souffrances.

CLAUDIA.

O jour néfaste ! ô jour à jamais odieux !
De sinistre mémoire !

PILATE.

                    Et sans doute, à vos yeux,
Claudia, je dois être un juge inique, infâme ?
Et vous me maudissez dans le fond de votre âme ?

CLAUDIA, *étonnée.*

Pouvez-vous méconnaître ainsi mes sentiments,
Pilate ?

JULIE.

          Ignorez-vous à quels entraînements,
En vous priant pour lui, nos cœurs cédaient, mon père ?

CLAUDIA.

Nous avons vu pleurer ses amis ; de sa mère
Nous avons, malgré nous, partagé la douleur.
Jésus, seul contre tous, restait sans défenseur ;
Faibles, nous avons pris parti pour sa faiblesse :

Femmes, nous avons eu pitié de sa jeunesse !
Nos prières, nos pleurs n'ont pu vous émouvoir ?
Eh bien, vous avez cru faire votre devoir
En laissant de Jésus s'accomplir le supplice.

PILATE.

Non ; ce peuple est coupable, et je suis son complice !

JULIE.

Mon père !

CLAUDIA.

Qu'avez-vous ? reprenez vos esprits.

PILATE.

Que vous dirai-je, hélas ! Ah ! moi-même surpris,
Je ne puis concevoir le trouble qui m'agite.
Je ne me connais plus. Tout m'effraie et m'irrite.
Cette nuit en plein jour m'avait glacé d'effroi.
Un vertige inconnu s'est emparé de moi
Depuis que j'ai rendu ce jugement funeste !

CLAUDIA, à part.

Éprouve-t-il déjà la colère céleste ?
Comment pourrons-nous donc apaiser le courroux
De ce Dieu dont la main s'appesantit sur nous ?

PILATE.

Et le centurion qui menait au calvaire
L'homme que poursuivait la fureur populaire,
Désespéré, confus de l'avoir maltraité,
Rend maintenant hommage à sa Divinité !
Mais le voici.

SCÈNE III

LES PRÉCÉDENTS, LE CENTURION.

PILATE, *au centurion qui entre.*

Je veux de votre bouche entendre
Les détails qu'à César je dois moi-même apprendre.
Parlez-nous de Jésus.

LE CENTURION.

Pilate, que de fois
J'ai vu des criminels expirer sur la croix.
Mais jamais jusqu'ici l'on ne vit de supplices
Commencer et finir sous plus tristes auspices !
L'ordre de la nature entièrement troublé,
La terre qui tremblait et le soleil voilé
Semblaient justifier en ce moment suprême

Le nom de Fils de Dieu qu'il se donnait lui-même.
Au milieu des clameurs d'un peuple furieux,
La croix se dresse ; alors il lève au ciel les yeux,
A Dieu pour ses bourreaux adresse une prière,
Et dit à haute voix : « Pardonnez-leur, mon Père,
« Car ils ne savent pas ce qu'ils font. » Cependant
Des vêtements du Christ nos soldats s'emparant
En forment quatre parts, et chacun en prend une :
Mais ils laissent sa robe intacte ; la fortune
Désignera celui d'entre eux qui doit l'avoir.
Ils la tirent au sort.

NOÉMI.

    Ils font, sans le savoir,
Ce qu'a prédit David dans une prophétie :
Ils tireront au sort la robe du Messie.

LE CENTURION.

On avait sur la croix mis une inscription
Pour marquer le motif de l'exécution.
En trois langues, Seigneur, vous l'aviez fait écrire ;
Hébreux, Romains et Grecs, chacun y pouvait lire :
« Jésus de Nazareth, roi des Juifs. »

PILATE.

      Contre moi

J'ai soulevé les Juifs par ce titre de roi.

« Écrivez, me disait en leur nom le grand prêtre,

« Non pas qu'il était roi, mais qu'il prétendait l'être. »

CLAUDIA.

Eh bien ?

PILATE.

J'ai maintenu ce que j'avais écrit.

LE CENTURION.

Le peuple cependant le raille et le maudit ;

Et, secouant la tête, on les entendait dire :

« Où donc est ton pouvoir ? Toi qui voulais détruire

« Le temple du Seigneur, et qui, dans tes discours,

« Te vantais de pouvoir le refaire en trois jours,

« Qu'attends-tu maintenant pour te sauver toi-même ?

« Tu t'es dit Fils de Dieu ? Dans ce moment suprême,

« Montre-nous ta puissance et descends de la croix ! »

Des prêtres, des anciens on distinguait la voix :

« Quoi ! celui qui pouvait sauver autrui naguère

« Ne peut pas se sauver à son heure dernière ?

« S'il est roi d'Israël, de sa croix aujourd'hui

« Qu'il descende, et soudain nous allons croire en lui ! »

A ces défis moqueurs mêlant leur raillerie,

De nos soldats aussi la troupe l'injurie.
Même un des deux larrons, sur sa croix attaché,
Du destin et des maux de Jésus peu touché,
Du peuple et des anciens répétait le blasphème !
« Toi qui te dis le Christ, sauve-toi donc toi-même,
« Sauve-nous avec toi ! » Mais le second larron
A ces mots s'indigna contre son compagnon :
« Tu ne crains donc pas Dieu ? Quand le même supplice
« Nous réunit tous trois, pour nous deux c'est justice ;
« A nos crimes, hélas ! ces châtiments sont dus.
« Mais lui, qu'a-t-il donc fait ? » Puis il dit à Jésus :
« Seigneur, Seigneur, de moi souvenez-vous, de grâce,
« Quand dans votre royaume, un jour, vous prendrez
— « En vérité, reprit Jésus, je vous le dis,   [place ».
« Vous serez avec moi ce soir en paradis. »

PILATE.

Un Dieu souffrirait-il une telle insolence,
De tels mépris ? Un Dieu garderait le silence
Quand il faut réfuter Caïphe et les docteurs,
Et daignerait répondre à l'un de ces voleurs ?

NOÉMI.

Muet pour qui le hait, le raille ou le renie,

Il ouvre les trésors de sa grâce infinie
Au cœur humble qui croit en sa divinité,
Qui l'implore et qui cherche en lui la vérité!

PILATE, *au centurion.*

Continuez.

LE CENTURION.

Du haut de sa croix vers la terre
Jésus baisse les yeux. Il aperçoit sa mère,
Il voit Jean auprès d'Elle; et, songeant à leur sort,
Il s'émeut. A sa mère il s'adresse d'abord :
« Femme, voilà ton fils! » Puis il dit à l'apôtre :
« Voilà ta mère! » Alors il les voit l'un et l'autre
Montrer, par le regard qu'ils échangent entre eux,
Que du mourant leurs cœurs accompliront les vœux.
La foule attend toujours que sa victime meure.
Le temps passe. Et Jésus, sentant venir son heure,
Laisse échapper ce cri de son cœur oppressé :
« Mon Dieu! mon Dieu! pourquoi m'avez-vous délais-
Pour accomplir, avant la fin de ses tortures,   [sé? »
Une prédiction des Saintes Écritures,
Lorsqu'il approche enfin de ses derniers instants,
Il dit encor : « J'ai soif! » Et l'un des assistants
Court, s'empresse à ces mots de saisir une éponge,
Dans un vase rempli de vinaigre il la plonge,

Y mêle de l'hysope, et, s'aidant d'un roseau,
Aux lèvres de Jésus, qui désire un peu d'eau,
Il porte ce breuvage amer. Jésus en goûte,
Dit : « Tout est consommé ! » Puis à voix haute ajoute,
En levant vers le ciel des regards presque éteints :
« Mon père, je remets mon âme entre vos mains ! »
Enfin il pousse un cri, baisse la tête, expire !
Du temple au même instant le voile se déchire
Et se sépare en deux du haut jusques en bas :
La terre se dérobe et tremble sous nos pas,
Et les tombeaux ouverts et les roches fendues
Saisissent de terreur les âmes éperdues ;
Et le peuple effrayé cherche à fuir de ce lieu !..

SCÈNE IV

LES PRÉCÉDENTS, MARCUS.

MARCUS.

Ah! mon père, c'était vraiment le Fils de Dieu !

FIN DU CINQUIÈME ET DERNIER ACTE.

3506-85. — Corbeil. Typ. et stér. Crété.

CORBEIL. — TYP. ET STÉR. CRÉTÉ.

www.ingramcontent.com/pod-product-compliance
Lightning Source LLC
Chambersburg PA
CBHW060830250626
47162CB00005B/2020

* 9 7 8 2 0 1 9 6 0 3 4 1 0 *